景 色

向陽

hikari

作者—向陽—

本名林淇瀁，臺灣南投人，一九五五年生。文化大學新聞碩士，政治大學新聞博士。現任國家文化藝術基金會董事長、國立臺北教育大學臺灣文化研究所名譽教授；曾任自立報系總編輯、總主筆及副社長與臺灣文學學會創會理事長。一九七七年出版第一本詩集《銀杏的仰望》，一九八四年獲國家文藝獎，推動臺灣文學浪潮數十年，詩集之外另有散文集、兒童文學、評論集等數十種，亦編有《臺灣白色恐怖詩選：暗房與光》、《二十世紀臺灣詩選》、《臺灣現代文選：新詩卷》、《新世紀新世代詩選》、《二十世紀臺灣文學金典・小說卷》、《二十世紀臺灣文學金典・散文卷》與爾雅版、二魚版《年度詩選》等五十餘種。

編選｜達瑞｜本名董秉哲，臺灣臺北人，一九七九年生。真理大學臺灣文學系畢業。曾獲聯合報文學新詩、小說獎，時報文學新詩獎。作品曾收錄年度小說選、年度詩選。出版詩集《困難》。

向陽詩歌百選

目次

景之二：脈

景之三：塵

景之四：鹽

景之五：聲

霧礦

——編選記

有陣子迷戀礦石，閱其各自獨特的形體、色澤、共生，即便產地一致，亦無可能完全相同，此絕對性存在於細節中：經千萬年孵育、採集、流通至眼前，自有機緣。是世界稍來的音訊，撫觸被山海自然打磨過的——種種切面、體溫、材質及各別於地質歷史裡穩定融合的態貌。我不潔淨它們，任由在人的時間岩層內貌變、褪澤，在新日子的積霧裡，成為另一種「新」。正如看待喜愛的詩，或者詩人。

向陽的詩中意外多雨，一種詮釋紛陳的自然景象，消融與淨洗、愁憂與清闊，不同處境不同思索，也因而奠基往下一念：向陽。

「詩可以不受時間影響而存在的。」他說。

想及礦石特質，大學因習課初識向陽先生與其詩作，不同時期重讀有不同理解，一部分則猶如時代預言，參透人性。向陽作品質樸、溫潤，一碗源自山林的茶湯，而真正的詩人正是關懷生命所及，讀者因作品而獲取共感。本選集核心在於抹消時間軸線，無分區段，解開作品本身「被定義」、「被集結」之鎖，任詩作飛散時空，以情感為全新度量，迅及捕捉向陽詩歌的本質：鐵、脈、塵、鹽、聲——厚實意念如鐵之悍、載記自然脈象、日子裡的心緒塵沙、生活滋味的鹹甜，以及來自土地的生命眾聲。詩旨在陳述詩人命運途中的景色，恆久卻簡單。

詩人必須面對且擁抱社會。我認為向陽作品由成篇至傳誦，暗諷時局，甚或憂心忡忡……皆乃生活的趣緻，年少至今不曾捨棄雙腳所踏之美麗土地，泥聲、山音、海鳴盡是無形意象之礦訊，經由新選排序、當代視野，抛下原有時代框架，更能讀出對島嶼家鄉的愛護，不曾過時，反而更綿長悠遠。詩人對作品負責，作品於正確時機為其辯護，理想文學典範是渾然天成的，詩人手握一首訴說萬千的詩，已為大成就，何況百選。

景之一

鐵

詩人的意念如鐵之悍，
嵌入生活裡成爲微渺而綻光的詮釋。

小站

彷彿還是去年秋天
被雨打濕了金黃羽翼的
故鄉的銀杏林下，那朵
畏縮地站在一抹陰翳蒼茫中
鮮紅的，小花？

透過今春異地黃昏的車窗
望去：一隻鷺鷥
舞動著灰白的雙翅
在緋麗的晚雲裡，翩翩
飛逸！

光的跋涉

展詩兮會舞，應律兮合節。
——屈原．九歌〈東君〉

暾將出兮東方[1]
朝顏正抖擻著枝葉
準備擁來自東方
溫煦問暖的光
昨夜未寐的書冊
陪著寂寞的燈
廝守了一個晚上
此刻也迎徐來的微風
以滿頭髮的蒼茫，叫醒了

簷下的風鈴

夜皎皎兮既明[2]
抗拒黑暗的燈
在沉沉的夜裡犁出了燦亮的
池塘。湧動夢、湧動愛，湧動
黃澄澄的年華白雪雪的流光
湧動每一顆星子的希望
在即將到來的晨曦前
宣布：我將化做
　白天的太陽
繼續這路曼曼[3]而無止息的光的跋涉

1 語出屈原〈九歌．東君〉句一。
2 語出屈原〈九歌．東君〉句四。
3 語出屈原〈離騷〉：「路曼曼其修遠兮，吾將上下而求索。」

泥土與花

——語言與詩的思考

花在風和日麗中飽滿
而奕奕地開放了，以妖冶
而嫵媚的臉顏仰望青空
睨視腳下的泥土，並且招展
她一貫強調的美學
在恆溫的氣候中，向曠野
大聲宣布：所謂象徵
是她身上一切瓣一切蕊
所謂純粹是，不染塵埃
遠離泥土、通向天堂的梯階

泥土默然，木訥地負載著花
及其驕狂，一句話也不說
只是夜裡拚命蒐集雨露
供花日裡大加揮霍
只是日裡努力聚合養料
護衛不斷向體內進逼的
根鬚，讓花有所吸收
無所謂純粹，無所謂超越
只是粗糙、駁雜而堅穩

花越豔麗，泥土越加低頭
花在炫耀誇張下日形憔悴
泥土因容納而日漸肥沃
當狂風疾雨一夕驟至

瓣與蕊紛紛背離了枝頭
投入始生與歸宿的泥土
從頭學習在塵埃中生活
在綻放與凋謝間，花似死
而實生；而在施與受中
泥土依舊木然地迎接
另一朵花的誕生及其喧鬧

銀杏的仰望

銀杏（Ginkgo biloba）又名白果
或公孫樹，乃地質時代遺物，僅存於
東亞，植物學上屬裸子植物門，枝有
長短之別，葉為扇形，中端
略分叉，秋後呈金黃色，翼然
有致。銀杏而為林，僅見於
南投縣鹿谷鄉溪頭——我的故鄉。
故我的鄉思也是
扇形的，浪遊自浪遊，奔逸自奔逸
終究如銀杏一般根植而且
歸軸。

從來不曾想到風風雨雨會釀成
秋，從來不曾想到漂漂泊泊竟也展軸如
扇，更從來不曾想到日日夜夜你
陽光的仰盼月的孺慕和山山水水的踏涉
均化做千千萬萬縷縷輻射的鄉愁

只想廿載的清唱已枝枒般成長
在偎依的谷中，你曾展葉抗雨疏根抵風
兀然掙出薄天的傲嘯，而雨後
每喜與山外的虹虹外的天比高，彼時
你猶壯碩，枝遒葉綠愛情也忠實

乃毅然而出鄉關，呵男兒
此去風沙經年，年輪斧鑿，鑿刻
你塵煙的顏面，你的顏面自心上

化昇，你的心上駐有秋，秋上有草
你不是草的族類，是走向晚照的壯士

終究你是翔著金黃翅翼奔向昏暉的
百齡，通過夜的暗鬱，簌簌撲飛
而當你折翼倒地，陽光自你身上昇起
你遂冷然頓悟：你是一把奔波的扇
那泥土和鄉村呵！是闔你的，軸

霧落

霧落下潮起一般地沖襲
那時仍舊聽到鏗鏘的斧金
響自逐漸隱退的山頭
啄啄地，彷彿空谷鳥鳴
悄悄地，霧侵占了小村

霧落下黃昏一般地來臨
此時已經不見落漠的葉蔭
憐視開始發芽的小樹
緩慢地，我展讀父親遺下的信
迅速地，霧來窗裡讀我的眼睛

長巷

這時有人剛從你對頭走過
雨落著落在他微僂的身後
瓦簷下是陰暗而濕漉的牆
再過去整排巷子越擠越縮

然後是深敻但集中的一點
自那人來處默默張成圈圈
你走向他起始出發的世界
微寒雨落而那人漸行漸遠

若你回頭那人也向你來處
一樣集中一樣深敻的路途

雨微落著落向你身後的圈
那人則走入你來時的初步

而他是否也與你同感異詫
這濕漉巷弄裡你們的微差
在雨中隨風墜落的兩瓣葉
是否也為相互的飄零驚訝

子夜

不寐是最和平的戰爭
腳跡與眼光的焦距之調整
窗外：一望漆黑；窗內
燈下有蛾慢慢撿拾沖洗後
鮮豔的，愛情

愛情是最冷酷的和平
晚風和燭火的拉扯之膠著
闔眼：便有焦灼；睜眼
夜色化蝶翩翩提醒恍惚中
沉默的，凝眸

暗中的玫瑰

當夜晚來到黃昏已經側身
陰風望葉梢肆行單兵攻擊
深草足供掩護請捻熄星光
唯鬱黑是一切眾色的出航

唯玫瑰迂迴轉進暗中開放
某種步履緩若汙黑之流沙
通過淺灘有燈火全數淪落
愛與恨分明都在子夜形成

當時是可以不哭的如果夜

仍舊照常營業如果花彷彿
依稀扮成薔薇科落葉喬木
愛是至死猶活只要恨也在

愛是衝入敵陣後反覆射擊
陰風潛行草在夜霧中泣淚
至於玫瑰的葉刺分屍遍地
至於甗紅之花在暗中凋萎

請聽，夜在流動

請聽靜靜，夜在緩緩流動
遠處的山腰有飄霧默默，任風吹起
妳當會想起：那時初遇
沙灘被邂逅為啟闔的榆樹林
自遙迢的天際，鷗鳥飛來棲息

鷗鳥飛來棲息，請聽夜正流動
已晏的小徑中每有依戀的步履走過
妳或難忘記？那種溫柔
雲般地被漂白成閃亮的晚雨
依稀在紗窗外，焚出千萬螢火

千萬螢火，夜正潺潺流動
溪河的回憶是夢中鏡裡牽掛的回眸
妳是否喚我？那麼悽悽
響自詩經上空白的某一篇章
醒時每自吟哦，徘徊不忍遽去

不忍遽去，請聽夜在流動
眾星競殞間唯一的休止，萬籟皆瘂
妳彷彿聽過：那樣愛情
尚未灌製便已流為千古絕唱
向第二個清晨，殘花紛紛失明

菊歎

所有的等待，只為金線菊
微笑著在寒夜裡徐徐綻放
像林中的落葉輕輕，飄下
那種招呼，美如水聲
又微帶些風的怨嗔
讓人從蕨類咬住的小徑
驚見澄黃的月光，還有
傍晚樵夫遺下的柴枝
冷冷鬱結著的
褪了色的幽淒

走過總是垂髮低頭，故意
是裝不來的，林外的溪水
緊緊攀著草葉的幾滴淚
此刻在風中，瓦解了
妳問我浮萍的邏輯
那就是吧，露珠向大地
沉墜的輕喟。而菊
尤其金線菊是耐於等待的
寒冬過了就是春天
我用一生來等妳的展顏

立秋

愛情像槭樹的葉子
慢慢褪色。親愛的
理想多半也是這樣
像平原上的列車
在黯夜中一節節遁走
遁走的，其聲隆隆
褪去的，已難補救
親愛的，別擔心
褪去的是青澀
將來就是紅熟

歲月殘憾猶如綠葉
落水漂走。親愛的
生命有時也會如此
像山崖上的滾石
在風雨前一顆顆跌落
跌落的，其聲空空
漂走的，無法捕捉
親愛的，別難過
漂走了暑夏
換來了涼秋

雨箋

不要在雨中，在雨中
請不要隨便離開我，不要
在雨中像紛飛飄零的葉
擅自離開枯枒，絕決地墜落
請讓我保有妳一些溫熱
一些哀傷也是好的，讓我
猶如草原，在雨中承受
妳的淚珠和泣唾，但是
不要離開我，不要在雨中
讓我感覺兀立風寒的那種消瘦

也不要妳感覺，在雨中
也不要妳感覺花葉落地的聲音
而要妳從風裡，聆聽出
一枚貝殼，甚至貝殼
在海中翻滾的波瀾壯闊
或者茶葉，茶葉在溫水的杯裡
逐漸舒坦開來的微微喜樂
然則在雨中，請不要隨便
離開我，不要離開我們的貝殼
以及牆角剛剛沏煮的茶火

雺霧

霜風冷冷，枝葉亂亂飛
雺霧陣陣，罩佇窗仔門
佮伊來分開，阮心頭未定
枝葉枝葉，毋知底時墜落地
雺霧雺霧，等待何日見著天

夢伊伊毋知，想伊伊無應
風吹浮上天，煞來斷了線
伊愈飛愈遠，阮心肝愈疼
夢伊伊毋知，孤鳥無岫海無岸
想伊伊無應，鴛鴦越頭人畏寒

大雪

一棵小樹在雪中流淚。一棟屋子在雪中流盪。一扇窗子在雪中流散。一把椅子在雪中流離。一片田野在雪中流浪。一道河川在雪中流失。一個人在雪中，流血。

雪在一棵小樹旁流淚。雪在一棟屋子前流盪。雪在一扇窗子前流散。雪在一把椅子下流離。雪在一片田野裡流浪。雪在一道河川內流失。雪在一個人心上流血。

髮殤

然而妳說，一種月光的微笑與冰冷
我要走了。妳髮茨間飄過水草的繽紛
似乎有婉拒的愛情，浣洗妳烏鬱的眸
當我們老去，如兩株古木之槎枒相依
在霧落之前我駭怕，看不清你的枝葉

那時我猶在夢中吧！珊瑚與露珠的
文學比較裡。我吻著妳的額並且感覺
淒涼，彷彿月光，正偷偷渡過窗間游
在妳髮上，我聽到屋外蘆葦的飲泣而
河聲迅即掩沒了妳。一地冰酷的晚霜

我醒來，緊緊抓住妳的手高聲喊道
海難！妳笑著如月光臨照的潮騷，船
翻了而我尋不到立足的海灘……所以
我說：只好抓住妳抓住妳溫柔的藤蔓
然則我火熱的眼中塗著妳冰寒的髮色

妳搖頭，鐘擺的模樣，夜間十一點
妳飄飛的髮裡默默藏著：等候的哀傷
那麼，妳走吧！留下，我失露的枝葉
妳小小的肩胛被月光為嶙峋的水成岩
我又聽見蘆葦的飲泣而珊瑚散碎滿地

行旅

我尋找你，在匆迫的行旅之中
如一尾魚，在纏牽的水草之中
我尋找你，在通往終點的驛站
我尋找你，在左右交困的路口
如一尾魚，我從眾多陌生的瞳孔辨識你

在闃暗的甬道之中，我遇見你
在廣袤的夜空之中，如一輪月
在人跡渺少的街角，我遇見你
在燈火睏盹的窗間，我遇見你
我從眾多無聲的臉容聽聞你，如一輪月

在大街上走失

在大街上走失的思念
鬼魂一樣，惦記著前世
濕漉漉的窄巷
如果還有明天，也不再
不再想他了

在大街上走失的思念
找不到明天
只好把他的名字
當成黑漆漆的馬路
狠狠地踢

依偎

依偎因而成為一種宿命
在天色澄明的清晨
我們依偎在
花與葉的影下
啜取天地之間
還沒被遺忘的愛情

彷似前生也曾如此
水聲叮嚀
風聲垂問
我的眼中燃燒著

水與風相互纏繞的火花
因為你的回眸
含苞
終至怒放

這無可救贖的依偎啊

沼澤

那時所有妳離家出走的血液，
流浪在虞美人草的小徑上，
並且攜帶了三行心事，
緩緩向我的亡魂提及——
尚未出世時我們美麗的殺戮。

而此際妳是已默默闔下眼睫了，
以便拒絕我皆裂的凝視。
河川闢成清寒的公共場地，
所以只有讓沼澤來印證——
冰冷的唇我們吻遍的今生。

遺忘

當雨停歇下腳步時
雲朵才剛開始起航
留下來待在原地靜止不動的
是風
拋到地面的葉片。枯黃
並且不屑
於所有的湧動

雲，湧動
水，湧動
聲音，湧動

憶念，湧動
還有那些生命中難忘的臉容
都像漣漪一般地
湧動

最後連遺忘也漣漪一樣
迅疾地湧動開來

景之二

脈

載記天地自然的脈象，將田園、山野、海岸……存納於詩的意象琥珀裡。

掌中集

0

秋的聲音
躲在貓眼中
飄遠了

1

岩石在海浪前
大聲叫著
我好渴

2

她的沉默
水一樣柔和
冬至時結成霜

3

因為月亮
而想起，冷
因為冷，掉淚

4

番薯經年埋在
暗鬱的地下
最後把自己看成了泥土

5

捧著妳的信的我的手
槭樹的枝枒
在秋霧裡回信

6

妳的臉顏至今
我依然不時想起
蘭花的香，浮在空中

7

想念深刻
像一片又脆又薄的餅
咬牙切齒就沒了

8

分離，為了享受
思念的快感
葉子向木楞的樹說

9

在雪白的紙上寫下——
啊這繽紛而相互爭吵的顏彩
找不到我要的黑

欲曙

從噩夢中驚醒過來，窗外
顫危危的是將曙未曙的
寒雲，垂覆著寂寞的遠山
水露正沿著玻璃窗緣
汩汩淚下。北風吹過
黎明前憂鬱的行道樹
偶爾傳來撲簌簌的落葉聲
迅即又被更濃更黯的天色
吞噬了，只有窗間簷下
一無名的花兀自綻放著

一無名的花，孤伶伶
無視於周圍虎視的夜
以最自然的吐放，一瓣瓣
舒展容顏，在將曙未曙
陰冷的黎明前，試著
打開籠罩身旁無邊的黑幕
而終其極是在北風中
留下美好的殘缺，從夢裡
驚醒過來的我，為了期盼
黎明，也在窗前落淚

破曉

陰鬱的霧死沉沉
包圍著一朵即將綻開的花
森寒的露珠冷冰冰
禁錮著一株逐漸醒轉的樹
被夜鞭策著的風呵
在醉夢於昨日的大地上
試圖封鎖一枝小草的出頭
而所有去路，在垂淚的星下
隱隱畏縮在最黑最暗處
等待一聲響亮的鑼

一朵花掙脫了陰霧的包圍
整個園圃都會綻開笑容
一株樹抖落了寒露的禁錮
整個森林都會伸張手腳
一枝小草衝破了風的封鎖
整個原野都會動起毛髮
一條路摸索出方向
所有山川也都跟著找到了定位
而宣告最後一顆星之破滅的
鑼聲啊，是終於光臨的白日

春秋兩題

寫予春天的批

想欲寫批予春天　向伊吐心悶
春天後母面　一時黗日一時雲
凡是蝴蝶就會綴花飛
凡是雁鳥就會揣岫睏
春天全全假不知　害阮心酸酸

想欲寫批予春天　替阮帶音信
春天走去覕　大山懸懸海深深
若是桃花伊就開滿園

若是紅雲伊就近黃昏
春天假意瞇瞇笑　笑阮人笨笨

想欲寫批予春天　請伊傳深情
春天恬誌誌　有時熱來有時冷
亦欲東爿出日頭
亦欲西爿出彩虹
春天歸尾有憐憫　幫阮鬥牽成

秋風讀袂出阮的相思

秋天的風伊毋捌字
掃落規山紅葉冷吱吱
秋天的風　敢有影是妳

吹過山崙　吹過溪墘
就是吹啊吹　吹袂著阮的相思

阮的相思　是紅葉一片
對頭到尾　攏寫著你的名字
秋天的風　敢真正是你
害阮落地　予阮失志
就是讀啊讀　讀袂出阮的相思

秋天的風　敢真正是你
害阮落地　予阮失志
就是讀啊讀　讀袂出阮的相思

世界恬靜落來的時

世界恬靜落來的時
就是思念出聲的時
窗仔外的風陣陣咧嚎
天頂的星閃閃啊熾
世界恬靜落來的時
我佇醒過來的暗暝想起著你

我佇睏袂去的暗暝想著你
想起咱牽手行過的小路
　火金姑提燈照過的田墘
竹林、雺霧和山埔

猶有輕聲細說的溪水
世界恬靜落來的時

月之分解因式

$a^2-b^2=(a+b)(a-b)$

月的距離乘以月的距離　減掉
家的懸念乘以家的懸念　竟是
距離加懸念距離減懸念之互乘
則夜下對月必有人的鄉愁是隨距離而濃或淡的

$(a+b)^2=a^2+2ab+b^2$

月的距離加上家的懸念　乘以
月的距離加上家的懸念　便是
距離的平方加上兩倍的距離及懸念加上懸念的平方
故每次夜下對月總覺月分外的遠懸念分外的深切

$(a-b)^2=a^2-2ab+b^2$
月的距離減掉家的懸念　乘以
月的距離減掉家的懸念　已是
距離的平方減掉兩倍的距離及懸念加上懸念的平方
故每回離家漂泊總覺月分外的缺懸念分外的渺茫

$ma+mb+mc+m\cdots\cdots=m(a+b+c+\cdots\cdots)$
而我的對月加上我的鄉愁加上我的漂泊加上我的……
總是：我的對月加上鄉愁加上漂泊加上我的……
而我的距離減掉我的懸念減掉我的渺茫減掉我的……
總是：我的距離減掉懸念減掉渺茫減掉……

立春

星星正細數著小村的巷弄
燈火卻已逐一走進夢中
幾聲蛙鼓打破了天地
沉默，有人在靜夜裡咳嗽
伴著風，與竹葉悉索細說
連小溪也不甘——不甘示弱
　這土地曾經蕭瑟
　愛情也被凍縮了
有人夜半驚坐，瞧見星光
潛入窗內，在殘稿上思索

黑暗，許是星星發光的理由
寒冷，則被愛情當作瑟縮的藉口
花皆凋落，塵泥卻獲得
溫熱。而溫熱是通過冷漠
潺潺不斷的水流，經土地
逐歲月，澆灑殘稿之上
未竟的空格。有人
半夜驚坐，星光漸稀
向沉寂的冬夜
溪水擦亮了春火

誄飲者

或者，這就是春天吧
艸葉在你凝望的眸中
飄搖，即使櫻紅都爭飛
攀爬入你的臉瞼，即使
河已昏眩，水聲，仍風般地
潺湲

（因為飲酒的時候鐘聲是一則短歌）

當你開始瞭解
鳥的意義
你眼前的山水乃鏗然：陷，落

你足下的雪泥上帶血的鴻爪乃
一騰而起
且將你，擊倒

（所以飲酒的時候鐘聲是一則短歌）

然後，你便走入
灼灼桃李的國境
聽薑花們挑你的胸骨唱你淚譜的短歌
任菩提的法相敲你的哀愁美豔如暮鼓
梵唱中，你自鑿
磐石，或者菟絲

（既然飲酒的時候鐘聲是一則短歌）

那時，也許你會躲在
斑駁了的酒旗下，聞那馨香
自風中吹來，另一群
飲者，在一度向你微笑的鐘聲裡
吟哦或者詆譭，你
熟悉而失題的，短歌

（是而飲酒的時候鐘聲是一則短歌）

雨聲

淅淅瀝瀝，瀝瀝的雨
打在泥濘的路上，風
沿著山澗，吹來
春天在油桐樹上綻開一朵朵白花
隨雨聲，灑落石階
點點滴滴
喚醒沉睡的湖。蛙叫
跌落湖心
白花的呼喊
歷歷都在耳畔

瀟瀟颯颯，颯颯的雨
敲在灰濛的谷地，霧
循著山坳，襲過
春天在茶樹枝間蹭出一片片新葉
隨雨聲，滲入茶湯
溫溫熱熱
呵護寂靜的林。鳥語
潛入林蔭
新葉的歡暢
怡怡都在舌尖

紛紛霏霏，霏霏的雨
落在青鬱的草埔，淚
緣著山徑，墜下
春天在車前草上遺失一滴滴晚露

隨雨聲，融入夢裡
恍恍惚惚
告別無語的夜。曇花
隱現夜色
晚露的喟嘆
栩栩都在眼前

問答

深山的盛夏，一朵雲
悄悄避開烈日的追擊
隱入高岩上，蘭花的蕊裡
叩問：松子
何時？走過

盛夏的深山，一陣雨
遠遠掀起狂風的裙裾
飄到小徑中，落葉的脈上
回答：幽人
昨日！已眠

小滿

一隻青蛙撲通跳下池塘
打破樹上烏鴉的睡意
荷葉跟著驚顫幾下
水面的漣漪一圈圈
把靜寂擴散了出去
蓮花孤獨地坐著
燠悶的夏日午后
連雲們都懶得來相陪
一行螞蟻運搬著麵包屑
頗富節奏地走過土丘

頗富節奏地走過土丘
一行螞蟻運搬著麵包屑
連雲們都懶得來相陪
燠悶的夏日午后
蓮花孤獨地坐著
把靜寂擴散了出去
水面的漣漪一圈圈
荷葉跟著驚顫幾下
打破樹上烏鴉的睡意
一隻青蛙撲通跳下池塘

雲霧雷雨

雲的印象

舞著的是華爾茲的旋律嗎？
抑或醉漢水中撈月的姿態。

趕著羊群的牧童已迷上了山壑的青綠
為什麼你還兀立高岡，望著河海蒼茫

霧的履印

走過漫漫的山水

留下淺淺的痕跡
當鴻雁舉翅飛翔
你隨著白羽蹁躚

雷的微笑

是當頭棒喝的靈光乍現
是答非所問的撲朔迷離
祖師自蒲團上傲然坐化
弟子在明鏡中拈香而笑

雨的消息

咚咚的戰鼓向山這邊擊著過來

淅淅的流彈向山這邊奔著過來
夏天躲在銀杏林下殘喘
涼意唱著勝利的歌凱旋

草根

即使是再莽撞再劇烈的剷掘，
我也會柔曲著體幹忍受。
原不善於面對烈日陰雨的，
你踢走了我藏身的泥沙，
還留我一地石礫灰白……

所以只要晚露在闃闇中降臨，
我便默默伸出觸鬚，覓尋泥土，
從事另一次紮根，艱苦而愉悅的旅行。
如你再度來到，唇角捺著一撇諷嘲，
我歉然還你媚綠的微笑。

孤煙

一舉手即可丈量天地嗎？
在隱匿林木、疲乏於相互擠撞的沙礫中，
只為某種水聲，如是我聞：
烏青地，你緩緩站起，甚至，
也不睬身後的天際正放百千萬億大光明雲。

所以一投足乃見炙火成水。
你迅行疾馳，風向西北西，林木復甦，
爾時一切業報山川一切色皆來集會，
水聲潺潺，無盡天地開展，
唯地平線俯首，合掌而退。

驚蟄

寒意自昨夜起逐步撤退
清晨進駐林間的一隊鳥聲
把微曦與樹影咬成起落的音階
久潮牆角，忽然暈染開來
破窗過訪的陽光，靜靜
溫慰著瑟縮的鋤犁。北風
向西，一波波湧溢
靄靄氣息。屋舍昂然抖擻
泥土中，蟄蟲正待開門探頭
隨蛺蝶，我入園中遊走

一似去年，田犁碌碌耙梳土地
汗與血還是要向新泥生息
鷺鷥輕踩牛背，蚯蚓翻滾
在田畝中，我播種
在世世代代不斷翻耕的悲喜裡
放眼是遠山近樹翩飛新綠
昨夜寒涼，且遣澗水漂離
我耕作，但為這塊美麗大地
期待桃花應聲開放
當雷霆破天，轟隆直下
清晨進駐林間的一隊鳥聲
把微曦與樹影咬成起落的音階
久潮牆角，忽然暈染開來
破窗過訪的陽光，靜靜
溫慰著瑟縮的鋤犁。北風

向西，一波波湧溢
靄靄氣息。屋舍昂然抖擻
泥土中，蟄蟲正待開門探頭
隨蛺蝶，我入園中遊走

一似去年，田犁碌碌耙梳土地
汗與血還是要向新泥生息
鷺鷥輕踩牛背，蚯蚓翻滾
在田畝中，我播種
在世世代代不斷翻耕的悲喜裡
放眼是遠山近樹翩飛新綠
昨夜寒涼，且遣潤水漂離
我耕作，但為這塊美麗大地
期待桃花應聲開放
當雷霆破天，轟隆直下

瀑布十分

通過隧道，溪流就展開了
右後方第三格車窗
不捨地抓住吊橋，有人
從橋上緩緩走過
而橋向我們追來
柴油火車正載我們離開
只有水聲，匆匆而漠然流去
把那人的簑笠留在
我們心中擱淺著的
溪流身邊偉岸的山裡

偎著我妳的髮和妳神色
鈴聲一般，笑著帶些許羞澀
輕輕流墜，慢慢飄落
我屹立不動，妳緊緊靠著

最好我們沿軌道走，不妨也
偶而和沙石野草爭路
前方天色灰濛，遠處雨
偷偷迎候，但我們來處
破雲陽光仍在脈脈相送
向老人，我們問詢正確的時刻
「這是寒冬哪，你們儘管
　前去，想又是漫山青草囉」
在風裡我們默默偎依，未來
是潺潺不斷的山青水流

所以牽妳的手，挽留妳跌落
用我堅實的枝葉，引領妳走
向歸宿的潭心
妳之投入我相思葉覆的鑑鏡

俯角好呢或者仰角
我們的形影和愛情
泡沫或水流都溫柔地衝過山稜
紛紜嘈雜中我們抿唇傾聽
山和水深深交握的堅貞
就是俯角吧！把土地也攝入
只准一片天光，三五雲影
逗留我們的鬢絲染我們頰暈
而且一定得發誓可以印證

我們的沖刷只應土地而生

妳細弱的雙足要擱在小石上
我將腳浸到冰冷的水流裡
如此便是十分相敬了
我聽妳歌妳且在眼中測我脈搏

潭上的虹影從鬱紫開始消失
我們選擇荒蔓的小路
陽光漸漸融在黃昏裡，沿著軌道
一路回去，枕木輕脆地咬住
我們的歌，花是明春就開了
但通過隧道，雨又落了
那簑笠悄悄在斜風中飄
那老人的臉紋靜靜在岩壁上滑

那潭影，在灰暗的車廂裡
流火一樣，我們睜眼就眨著亮著

山路

在風中穿過箭竹草原
在風中穿過冷杉林
只有斷嶺殘山從雲霧中探出
與我們驚喜相覷
一路相陪是玉山圓柏與杜鵑
開在裸岩走過的盡處
陽光潛入細碎的林葉間
藍色的天俯視大水窟、大關山和馬博拉斯
桀敖不馴的脊背
這山路，在群峰中尋覓傲骨

這山路，在群峰中望向高處
酒紅朱雀拍擊薄雪草的翅身
蒼綠挺拔，是二葉松擎起整座天空
遠處有瀑水為鍊，輝耀山的胸膛
欲離還留的雲霧
以一襲薄紗勾引暗戀的山巒
山路來到此處
濁水、高屏和秀姑巒都找到了源頭
海峽在左，大洋在右
臺灣從海上升起在玉山之顛放歌

白鷺

雙手張開，即是天地
小至小於幽然一羽，大至大於
廓然宇宙，在我們相惜的眸中
白露是愛，因陽光閃爍
而使周圍的枝葉也亮麗了

暫駐的小站，棲此旅次
萬物俱去，獨留你我相伴
澄藍寂靜的天空
若能舉翅雙飛
便烏雲狂風疾雨也無需畏懼

走過我們的海岸

沿著細緻柔滑的沙灘，趁早潮
一波波沖洗初陽，我們走過
委婉而狹長、戀著陸地的海岸
聽鷗鳥嗥叫，湧動著起伏的浪濤
我們胸中，也有夢與愛不斷澎湃
夢那綿延千里的沙灘綿亙萬年
愛這山河湖海匯聚眼內的壯闊
且任波潮濺濕疲累行腳
回望防風林後無盡的田畝農舍
我們走過河口、潟湖與沙洲

走過砂礫、平臺、層起的海階
我們攀登高峭的岩崖，看雲朵
在陸壁前與浪花競秀
巨石展示天地斧鑿的奇詭
還有日夜不息，海水攜來岩屑
鋸子一般，逼使岬角後退
這美麗山河，蘊無限寂寞
在頁岩錯綜的紋理間，我們
步隨祖先，走過滄海桑田
走過冷漠而堅毅的岸巖

也走過沼澤，我們路經斜坡
岸草梗直高硬，海灣以雙臂
擁攬平靜的水流，潮汐
正通過曲折水道徐漲徐退

但燕鴴不見，小水鴨落寞棲息
赤腹鶇則銜住我們的悵惘
撲翅遠去，我們踉蹌而疾行
走過成丘的癈土，曾是白鷺
覓食的樂土。如今榛芒枯萎
伴我們走過海岸，以慚愧

以敬畏，冒陰冷雨霧
我們又行入莽蒼山腰，走過
深陷而垂直，傾慕大洋的海岸
狂風糾扯衣襟，落石下滾
仰首是險峻斷崖凌空睥睨
低頭，狂瀾虎視我們的腳印
而濤聲持續轟隆，一似雷霆
千百年來依然拍擊頑強心靈

我們舉步，追前人後塵
仔肩上護持的是後代子孫

所以我們繼續走過，走過
我們繁複多變而壯麗的海岸
沙灘以清涼，在陽光下
遣波潮為我們洗滌行路之疲
岩崖以堅毅，在海水前
讓頁岩替我們富實心靈之虛
沼澤卻以慚愧，在廢土上
要白鷺警示我們芒草已然枯萎
斷崖則以敬畏，在雨霧中
教驚濤提醒我們，子孫尚待護持

走過夢、愛，走過海岸——

走過這塊土地與人民的悲歡
漁民撒開了他們堅實的網
牡蠣養殖者心煩於低潮線
鹽田上曝曬的是笠下的血汗
有人逐沙灘尋貝養家，有人
守終日以記高蹺鴴行跡……
朝潮夕汐，月落日昇，何時
我們能夠保育厚生，無愧地
走過我們的海岸我們的愛

聽雨

坐在山的這一邊，遙遙地
聽見那邊谷地，恍恍惚惚
傳來陣陣呼喊，淅淅瀝瀝
驚醒了我，築巢採果的
美夢

於是走向谷地去，翼翼地
發現一株啜泣的野蘭，當我
伸手撫慰，乃又了然那花
是昔日，淅淅瀝瀝呼喊的
聲音

景之三

塵

日子的塵沙依序為單詞、意象、成
句、傳誦，進而成為時間的歷史。

斟酌

打開歲月塵封
記憶，於最幽深處
你會看到火一樣燃燒的
花香，水一般流動，綻放
在這重逢夜裡，容你細細斟品

在這微寒晚上，讓我溫溫酌啜
燈影，火一般燃燒，漾盪
你會聽到水一樣流動的
琴聲，在最高音階
解放千年禁錮

歲月跟著

歲月跟著馬蹄不停地跑
滴答的秒針是蹄的聲音
馳過了三月的青翠森林
馳過了兒童亮著的眼睛

歲月跟著犁耙沉穩地耕
雍容的分針是犁的鋒刃
翻閱著六月的綠色大地
翻閱著成人粗糙的掌紋

歲月跟著貓爪偷偷地移

緩慢的時針是貓的腳步
躡走了九月的天光雲影
躡走了老者眼角的水霧

歲月跟著永恆輪迴地繞
圓柔的鐘面是生命的枷
熟透的花果在十二月凋
土底的種籽則開始抽芽

嘆息

花草與樹葉爭辯正義的時候
溪水和沙石切磋真理的時候
狂風及暴雨宣揚信念的時候
用最泥濘的臉色，道路
將嘆息丟給還在喧嘩的山谷

從被蠹蟲蛀蝕過的書冊中
從被廢水浸蝕過的稻禾內
從被砲彈噬蝕過的殘壁裡
以最深沉的分貝，世界
把嘆息傳給已經聾聵的人類

我的姓氏

0 ·A-Wu

一六二四年吧
我，A-Wu 誕生
在 Tayovan 的廣闊平野上
麋鹿成群，野草高聳
迷路的童年，我走入群山
下探擁抱著美麗海灣的岬岸
奇異的帆船、紅髮藍眼的兵士
托槍，魚貫走上岸來
我，A-Wu 冥冥中感覺

命運即將擺弄我，以及我的族人
為這群陌生的侵入者
飼養麋鹿　剝製鹿皮
直到我們力盡精疲

十二歲時，我與同齡的族人開始接受
這群來自遙遠的外海的侵入者
教育。學習羅馬字，學習諾亞方舟的故事
上教堂禮拜，哈里路亞
慢慢忘掉我舌頭熟悉的濁音
學習新的書寫，我叫
Siraya

1．阿宇

一六六二年吧，我三十八歲
麋鹿已然稀少，冬風吹過龜裂的土地
一如我長年種作的雙手
龜裂的還有田野、河川
風中瑟縮著頸子的
是我營養不夠的牽手

同樣在童年曾經迷路的山道上
我俯望 Tayovan 的港岸
旌旗飄揚，照耀港岸的落日
身穿鐵鎧鐵甲的兵士整隊上岸
我，Siraya，已經可以預見
不同的時代，同樣的命運

即將降臨

旌旗飄揚，飄在驚奇的族人面前
他們自稱為「漢人」，說著我不懂的話
我是 Siraya，他們說我是「西拉雅」
連同我的名字 A-Wu，也被更改
以著奇異的書寫，在我眼前耀武揚威
：阿宇

我不知道這是不是我？阿宇
它被書寫在番契上
因為它的出現
我耕種的土地，我童年的記憶
都紙一樣被撕掉了

這是我嗎？阿宇
阿宇的牽手這年也回去見阿立祖了

2．潘亞宇

一六八四年吧，年輕的A-Wu睡著了
睡在迷路的山中，不再回來
睡在麋鹿的皮下，不再出現
而我，六十歲的老人
拚命找他
A-Wu！A-Wu！A-Wu！A-Wu！
直到屋外有人呼叫「潘亞宇」為止

潘亞宇，就是我嗎，穿著漢人衣飾的
我，就是潘亞宇吧，這是康熙二十三年

我已習慣使用河洛話，使用字典
潘，是皇帝所賜的
榮寵，頭上的稀疏的髮辮
旌旗一般，召喚著壯年時代我的驚奇

我是，潘亞宇
童年的我，叫 A-Wu
壯年時，叫阿宇
想了六十個年頭
終於搞得一清二楚
在油燈點亮的夜裡

3．潘公亞宇

這是我嗎？

潘公亞宇。這幅精緻的碳筆畫像
掛在焚香的廳堂牆上
彷彿我壯年時代看到的奪我土地的漢人
唐山裝扮，頭上帶著絨帽
眼光炯炯，白色的鬍鬚宛然冬天的菅芒
飄動的
這樣栩栩如生的漢人的容貌啊

叫我即使在離開 Tayovan
三百多年後的今日都還害怕驚懼
這是我嗎？潘公亞宇
之靈位。香火嬝繞，一塊木牌
臨著的是潘媽劉氏，之靈位
流逝的歲月，從一六二四年開始
這是當年的 A-Wu 和他的牽手嗎

潘公亞宇，祖籍河南，來臺開基祖
罪過啊，我 A-Wu 居然取代了阿立祖
在這逐漸昏黃的公媽廳中
接受看來是我子孫
卻又不是的漢人膜拜

他們依序上香
年老的潘亞宇用著我聽不懂的日本話
中年的阿宇用著我聽不懂的中國話
年輕的 A-Wu 用著我聽不懂的番仔話
他們，依序，上香，沒有一個人
使用我們 Tayovan，三百年來我連夢中也沒忘掉過的
熟悉的濁音

這是我嗎，潘公亞宇
這是我的子孫嗎，潘公亞宇之十六代孫、十七代孫
一九九八年吧
我彷彿又被拉回十二歲時成群的麋鹿中
迷失了回家的路途
野草高聳，姓氏不明

霧社

子・傳說

傳說渾濛初開，所謂黑夜是沒有的
所謂陰暗疑懼即使夢也是看不到的
大地光明，太陽照個不停，向西方
跑掉一個太陽，自東邊又昇起一顆
不是月亮，因為夜呵夜永不肯降臨
夜不降臨所以聽不見夜鶯歌唱沒有
哆嗦沉鬱一切恐怖的聲音，也不怕
鬼怪環伺。森林裡百花齊放而難凋
他們只在烈日中僵笑，早晨和黃昏

才敢偷偷嘆息，其實早晨和黃昏是
一樣的，悲酸的休憩，以便去接受
更漫長的壓榨和淩欺；河裡的遊魚
也是一樣的，默默泅過昏睡的漣紋
太陽每天複述偉大而且不死的軌跡
為世界驅逐黑夜，為人間散布光明
沒有黑夜，因此沒有恐懼不要鬼神
一切光明，所以禁絕隱私剝奪休息
連晨露也凝結不起來便無所謂幻滅
連晚霞也飛飄不上來更無需乎驚醒
所謂黑暗是沒有的，一切如此光明
傳說神祇指定，泰耶自彼巨木而生
巨木參天，留宿多少勇者善者之魂
雨暴風狂中，覆彼葉蔭以護我子民
雷擊電閃時，蔚其枝枒以衛我天經

善者不墮，凡姦淫擄掠的必墮地獄
勇者不鏢，凡懦弱怯駭的將鏢無門
彼巨木森然，以七層彩虹渡我族人
彩虹橋輕，唯輕德者因罪孽深重傾
彩虹橋隱，唯隱惡者以善勇純潔引
巨木成林，蒼蒼然守護我泰耶生靈
傳說泰耶降時，天上太陽歛其光色
皓然皎潔，倏忽夜色星影一同降臨
唯其夜色降臨，萬物各得闔眼憩息
百花解除僵斃的武裝夜鶯放膽歌唱
不受炙烤，族人歡欣若狂擊鼓而舞
聖哉泰耶神靈之子，露滴欣欣草木
露滴草木，而美景良辰，短暫如斯
第二日，風吹西北西，太陽照不停
依舊，依舊是西方初落東方昇一顆

族人惶懼，所謂黑夜，一點點休息
是必要的，所以檳榔樹下排排圍坐
樹下各社議決：即派六名青年武士
手挾長弓強弩，背負穀種與小泰耶
兼程望東，涉水跋山步征途以伐日
生命有限而彼蒼者天無邊何其有極
四十年光陰消逝而六人的白髮徒增
太陽依舊東西迴轉泰耶也不再年輕
是日落霧，社在東南東，六老一壯
張弓風滿，簇矢齊發，閉目而屏息
但聞雷崩西北，紅雨斜落一日已墜

丑．英雄莫那魯道

這是古早的了，但古早

不是要我們輕蔑或者忘記。英雄
莫那魯道垂目說：我們
都是那泰耶的子孫，當要牢記
天上的太陽無道，猶可誅之
何況地上一切殘暴的鷹犬
我會答應你們，反抗是必須的
然則拔塞毛，你是我的次子
當知我曾遠赴東京，因你阿姑
鄔瑪瓦利斯的姻親。說是榮譽
無寧是弱者容忍的悲戚，像狗
之餵養於主人，他們籠絡我
何嘗我不知？所謂「和番」
於我們是莫大的恥辱！恥辱莫大
更須小心戒慎。花岡一郎
在臺中你受過他們的師範教育

必也羨慕日本，一切文明
奈良的莊嚴和香火鼎盛，還有
名古屋伊勢灣和熱海溫泉等等
溫柔等等，但羨慕何其悲酸
啊哈悲酸。你披赫沙坡，得先安靜
我不在意他們選擇我做馴順的狗
乾一杯！我豈會在意
離開雞籠碼頭時，長天碧海
我已想定，為霧社忍耐
忍耐不是懦弱，暫時妥協罷了
凡事謹慎，未嘗我們不可選擇
他們，日本花木扶疏
霧社的一草一樹，一砂一石
尤其有待我們用心。蛙丹樸夏窩
你剛剛氣憤著杉浦巡查，他

給了你兩個耳光嗎？呵兩個耳光
如果霧社無法站起來，以後
我們的子孫要失去兩顆眼睛
站起來，只有先吞忍紮根
站起來，必須在樊籠中偷偷壯大
我們的枝葉。你們都知道檜木
如何生長而後不畏雨打雷劈
小草如何衝破地表，始得長青
我們要自忍辱裡還給天地無畏的笑容

你們都沉默了都沉
默了嗎？再一次回想
祖先伐日的種種，如果
註定我們只能是背負泰耶的壯士
這場仗怕是不可避免了

但泰耶會回來，我彷彿看到
他澄澈的眼神，閃亮在今夜
溫煦的月裡。天道不經
不也可以人力改變嗎？更河況……
所以花岡、拔塞毛，還有披赫沙坡
你們不能不是霧社的，最後的希望
你們絕不可消，沉不可緘，默
我答應你們，泰耶的後裔會伺機而動
十年前我父親幹過一次，五年前
我也反了一次，又五年了
再乾一杯！沒有未來的孩子們
我們將死掉，所有希望幸福
來生成子孫的尊嚴和自由
我們毫無勝算，但要打勝這場仗
我們可以死掉，站著反抗，死掉

寅・花岡獨白

但是，哈保爾溪你衝過峭壁
就棄我們去了，是不是
天地間一切事物都如此
絕決呢？離開了便不再回來
是不是所有人類的種性
都那般歧異？生來就有貴賤
如同泰耶，日本何嘗不也是
僅僅一種代號，罷了！不是
稱謂的方便嗎？一樣
髮眼耳鼻口，一樣的手和腳
一樣不也是人嗎？哈爾保溪
你告訴我，從山地流下的
和從平地湧出的，一切

靜止無波的或洶湧奔騰的，不也
都是水嗎？和馬赫坡溪相較
你們又誰高誰下？僅僅代號
僅僅是稱謂的不同，然則你們
也爭戰嗎？也欺淩那些弱小的
水流？而終其極只是
一樣匯流入海，成為無聲的泡沫
莫那魯道說：我們要自忍辱中
還天地無畏的笑容；五年前
教育所的課本如此啟示我
「只有對天皇陛下赤誠效忠
才配做日本人」，配不配呢
自小我像日本人一樣被教育
長大，一如野薑花之努力
我全心全意要長成一朵高貴的菊

但「像」了不是「是」
生為蘆花，我又豈配為菊
我不配為日本人，他們何嘗
配做泰耶？而我們從來只希望
一切愛情與和善的友誼
冷杉和翠竹形貌不同，勁直則一
人類種族各異，不也都是
崇尚正義愛好自由嗎？哈爾保溪
你回答我，有人強行
堵住你的去路，是不是
你先尋間隙以求出口，若被堵死
你會還他以微笑嗎？那種忍辱

但我，還有所有泰耶的青年
真不能不是，霧社最後的希望了

差別教育、種族歧視以及種種
淩虐，或者暫時可以妥協，漸進
爭取，時間會支持我們。可是
關於森林，哈爾保溪你知道
是泰耶所繫，郁郁乎繁衍下來的生命
檜木成群聳立，蒼蒼然負載
霧社的天空。千百年來護持我們
餵育我們，賜我們力量的聖樹呵
他們竟用，刺刀、馬鞭以及
「馬鹿野郎！」逼我們砍伐自己
用泰耶賜我們的手，逼我們虐殺
賜我們生命的泰耶！逼我們的
泰耶發怒。呵哈爾保溪不准
你沉默，整個霧社靠檜木守護
失去天空，我們剩下什麼

我和我的朋友如其真是，沒有未來
無寧我們飲刀一快碎殺所有幸福
子孫無辜，讓他們走一條坦蕩的路

卯・末日的盟歃

他們走在月光拂照下的
街道，四周的高山低垂
櫻樹詭異的枝枒戳入碧海似的
青空，油火在遠近的房舍搖曳
隱隱有笳聲，低迴，順著
水聲流過來——有人看到殞星
隨即右前方的窗間嘶聲啼泣地
一個嬰兒降生了。降生了
多麼不是時候，嘆息

在悲涼的回風裡，苦苓葉簌簌
下墜。多麼不是時候！前頭的
青年垂頭說道：我們不也是嗎
在殘酷的統治下追求所謂正義自由
多像樹葉！嘶喊著向秋天爭取
翠綠，而後果是，埋到冷硬的土裡

可是拔塞毛，你這樣說不正確
最多對了我們這一代，卻錯了將來
我們希望所繫的下一輩。右邊
花岡揚頭看了看沉鬱的山
又說：也許真是，我們反抗
真是樹葉索求青翠而被秋天摧毀
然則秋天會去的——秋天去了
左側的青年狠狠踢著石子，說

秋天去了，更毒酷的冬天跟著來
我們埋在土裡，也罷了
但整個霧社將更寒顫，更蕭索
整個霧社將連枯葉也沒有
是的，披赫沙坡，很可能
整根樹幹要更受寒冬欺淩，很可能
剛剛那嬰兒的哭聲，就是命運

我心頭也亂，不談這個
花岡接著又說：日本占據臺灣
已經連續欺淩了我們三次，三個
冬天，每次寒冬之前
不都是高壓而肅殺的秋天嗎
他們用大砲轟炸我們的家園
以警察和軍隊殺戮我們的祖先

每次不都是寒酷的冬嗎
葉子落光，樹幹上是深劇的
傷痕，傷痕深劇，但霧社
霧社不倒。霧社是泰耶的子孫
我們是檜樹的後裔，葉子掉
光了，更接近春風的來臨
如果我們真註定，只是一群落葉
要有信心，讓新芽和春風接吻

而莫那魯道告誡我們，要
為霧社忍耐，蛙丹在行列後
怯怯吐聲。忍耐不是懦弱
是嗎？蛙丹。花岡慘淡地笑了
月光斜斜，漾在他的鼻上
記得那夜我們去看莫那魯道

他口述的傳說嗎？我們的泰耶
如何射日！記得那夜的月光嗎
映在莫那魯道盈淚的眼裡，也要
記得他說：我們可以死掉，站著
反抗，死掉。我們都是霧社
最後的希望，我們沒有未來
猶豫什麼？新的生命已經降臨
夜深矣。月沉矣。他們隱入
一間草屋，一個老人點上了油燈

辰·運動會前後

所有準備工作已接近最後的
段落。斯夜各社青年潮水般
湧來莫那魯道家中，他們

頭佩白色布條，迎風站立
映著微弱的火光，豎耳傾聽
老人莫那魯道的叮嚀：去吧
拔塞毛，你率隊即刻出發
襲擊馬赫坡警察駐在所的日本人
披赫沙坡你要奪下博阿倫社
至於蛙丹你，去拿司克社
然後會合攻打尾上社、櫻社等等
要靜如貓狸，利若鷹隼，不讓
他們逃脫一個！還有花岡
你負責切剪霧社對外通信工作
子時全落！沒有疑問，就走
出發了，一隊人馬一個火種
散布在霧社周圍所有駐在所
等待著，一個時辰一聲切齒

染黑天地花草和森林
有人興奮得哭了，沒有聲音
淚珠悄悄墜入薑花的蕊心裡
天空已沉，烏雲密布
只有一幢幢身影閃若流星
憤意湧天雲，百年噩夢難清
刀鞘濺汙血，千載悲情得洩
各路人馬乘黑再回莫那魯道身旁
所有社外的日警已全數消滅
莫那魯道抬眼望向漆黑的天際
搖頭自語：以恨反抗恨，以血
對待血，真不知——對也不對

然後是日麗花香的秋晨。微風
霧社小學校運動場，漂亮的和服

蔚成一片錦繡，鳥雀一般嘰喳
聲浪壓不住所有泰耶的心跳
躲在運動場南側森林中的
莫那魯道和青年屏息著
他們的眼睛炯炯，探射在
警察制服的動靜上；霧社對外
一切通道和山徑，此刻是星羅棋布
連日人宿舍都派了哨設了樁
微風依舊，徐徐拂吹
時間在跳動雲層變幻得十分美麗
期待正開始場內外兩種不同心情
該到的各分駐所警察未到
一個也不見，警察分室主任
佐塚愛佑等得非常不耐煩了
頻頻看錶，頻頻壓住湧上的痰汙

撚跳動的眼皮：怪了，這些人
昨夜醉了酒春了夢不成
擔任司儀的花岡一郎已拉高號令
「運動會開始／全體肅立」
全體學童和日人肅立了，南森林
莫那魯道一群也豎立著
他們的耳和心情——當整個霧社
按號令向日皇下拜時，殺聲
突起。二百餘位泰耶子弟
迅雷一般擊入競技的運動會場
迅雷似的憤怒擊殺著殘酷的統治者
迅雷似的狂野血洗了小學校的操場
迅雷迅雷，繼之以冷雨，斜落……

巳・悲歌，慢板

我們死守在此，嶙峋桀敖的麻海堡
左前方是黝暗、濃密的森林
右側萬丈直下，詭譎削立的斷崖
偶而傳來夜烏哀啼，流水悲泣
部分同胞避向更深的山裡去了，我們
留置在此，灰黯烏鬱的麻海堡岩窟
莫那魯道他面壁默坐，右手負傷
踱著來回巡走的是花岡一郎
他緊抿雙唇，不時望向空無的
洞口，那邊躺下來衝動的蛙丹樸夏窩

沒有人說話，但一樣的心情
暗暗傳遞——我們總算幹了，畢竟

我們曾經反抗，站著反抗過
較之低頭嘆氣痛快多了。回想
運動會場上殺聲一吼，泰耶聽見
也會頷首微笑的。雖然其後
我們由攻而守，由守轉退，先攻陷
眉溪，後受挫獅子頭，再退守人止關
槍聲嘶吼不止，呼嘯呻吟迴盪
以至退回霧社，再被大砲逼入此地

無論如何，我們都不愧泰耶
我們已經盡力而為，只求死掉自己
現世的幸福希望，來生成
所有子孫的尊嚴和一點點，自由
我們註定是，一群落葉
落要落在泰耶的土地，爛要

爛在霧社的根莖裡。春天會來的
那時新生的綠芽將吸汲我們的
養分……但我們是，已經疲倦了
請讓我們，此刻休息
而他們，日以繼夜包圍這岩窟
我們看到，洞外是警察和軍隊
還有幾架飛機，蜜蜂一樣
轟隆、盤旋，整座山谷都是
砲聲和機槍，塵灰同砂石
我們已抵抗了七夜七日，忽然
一切靜寂，湧進來灰白的煙霧
不能呼吸，充斥著嗆鼻的空氣
有人含淚倒下有人血濺森林有人跳崖
自殺，這灰煙白霧，無法吸呼，的空氣

現在我們必須走了，離開至愛的
霧社，泰耶的眼睛和雙手正等著
必死的反抗，打不勝的仗
馬赫坡溪的水流從此不回頭
必須走了，死去的弟兄
寂寞的靈魂在哭號，我們
要走了，秋天的樹葉一般
向霧社的大地落，傷痕太深
我們該走了，射日的祖先正伸手
一群落，葉，我們不能不，走了

禁

彷彿一起捆縛的鉛字
我們曾經被緊緊捆縛
在不准思想的框架之內
舌頭和言語
一併遭到綑縛
且不可
逃離天地之間

彷彿左右監看的眼睛
我們曾經被嚴密監看
在不能行動的牢房之中

神情和姿勢
一併遭到監看
且不許
跨越雷池一步

我們因此學會自我檢查
檢視無聲的字
擦拭其上殘餘的血淚
查看無情的眼
迴避其下陰狠的爪牙
在被禁錮的年代
白即黑　黑即白

嘉義街外

——寫給陳澄波

你倒下來時天都暗了
日正當中的嘉義驛前
嘉義人張著的驚嚇的眼睛
和你一樣憤怒地睜視
這暗無天日的青天

彷彿還在眼前，一九二六年
你用彩筆描繪的嘉義街外
受到殖民帝國的垂青
一九三三年你勾勒出來的中央噴水池

溫暖的陽光灑過金黃的土地
你的雙眼如此柔和，愛情
隨著油彩一筆一筆吻遍了嘉義

那時你一定也和嘉義人一樣
期待著殖民帝國的崩解
期待著海峽彼岸陌生的祖國
你畫布上的嘉義
還湧動噴水池的泉聲
熱切向著畫框外呼叫自由與溫馨

一九四七年，彷彿也還在眼前
你與祖國相遇，在和平鴿盤據的警察局
你得到的獎賞，是祖國熾烈的熱吻
與粗鐵線一起，綑綁你回歸祖國的身軀

沿著你從小熟悉的中山路來到嘉義驛前
面對青天，祖國用一顆子彈獎賞你的胸膛

這暗無天日的青天
和你一樣憤怒地睜視
嘉義人張著的驚嚇的眼睛
日正當中的嘉義驛前
你倒下來時天都暗了

霜降

霜，降自北，一路鋪向南方
沿黑亮的鐵軌，幻影
飄過城市、窮鄉與僻壤
在平交道前兜了一圈
回來偎著小站店家的看板
偶而閃過夜行的車燈
一兩聲燒肉粽的叫喊
還有ラジオ中的補破網
八〇年代末葉的臺灣
傳唱四〇年代初期的音響

鄉愁通常也是這樣，北上
在卡拉ＯＫ頭前叫爸叫母
酒罐爛醉，橫七八豎在桌腳
白沫沸騰，霜一樣降在桌上
所謂文化是東洋換西洋
所謂古蹟是被推倒的城牆
民俗躍上花車——所謂觀光
是姑娘的大腿大家同齊來觀賞
中產階級們暢論世界與前瞻
霜降，在他們憂國憂民的髮上

永遠的一天

——爲曾在綠島受苦受難的前輩而寫

海浪在沉寂的暗夜拍打無聲的岸
天上的星星俯瞰寧靜的草原
濤聲洶湧，訴說我的心願
星光稀微，閃爍我的想念
睡前的禱告，願你在遠方也能聽到
我還活著，活在為你活著的一天

離家時庭前的玉蘭花香殘留鼻尖
最最難忘回首看見你憂傷的臉

玉蘭花開花謝，年復一年
你當日的容顏，仍在眼前
夢中的叮嚀，醒來迴盪耳際
我還活著，活在想你念你的一天

最苦的日子已經遠離，化為雲煙
最痛的打擊已經過去，如若斷片
我曾懷抱花紅葉綠的理念
也曾承受風狂雨暴的苦難
一覺醒來，陰霾都被陽光掃盡
我還活著，活在平和堅定的一天

港口的風吹著

港口的風吹著
吹一六二六年西班牙船隊的戰旗
吹一六四二年荷蘭總督的驅逐令
吹一六六八年鄭成功留下的蕃字洞遺跡
糊里糊塗吹了四百年

港口的風吹過基隆山的殘頁
港口的風吹過和平島的廢墟
那荒涼沿著藤蔓攀爬而上
留下一壁嘆息
在港口呼痛的風聲裡

一首被撕裂的詩

一六四五年掉在揚州、嘉定
漢人的頭，直到一九一一年
滿清末帝也沒有向他們道歉

夜空把□□□□□□
黑是此際□□□□□
星星也□□□□□
由著風□□□□□□□
黎明□□□
□夕陽□□□□□

□□唯一□□□□
□遮住了□□
□雨敲打□□□□
的大□

□帶上床了
□□的聲音
□□眼睛
□□尚未到來
門

一九四七年響遍臺灣的槍聲
直到一九八九年春
還做著噩夢

被恐懼占領的城堡

1.

有一天我們會記起這座被恐懼占領的城堡
提著驚惶吊著害怕的眼光逡尋迷途的口罩
再低沉再抑壓的咳嗽都很快引發警笛鳴噪
耳溫槍額溫槍紅外線掃過隱藏的魑魅山魈
在我們的體膚上在我們被恐懼控制的城堡
黃色警戒線絕決隔離掉熟識與陌生的容貌
像風中的殘荷雨中的敗蕊像大海上的驚濤
我們覓尋一切阻絕風雨的可能襲擊與侵擾
連同彼此相親的體溫以及鄰人待援的哀嚎
在被恐懼統治的城堡我們與孤獨一起死掉

2.

我們與孤獨一起死掉在被恐懼統治的城堡
恐懼莫名的怪病莫名的死別和不測的惡耗
恐懼缺水缺雨成旱恐懼颱風帶來洪患水澇
恐懼核廢恐懼地震恐懼明天醒來天地變貌
恐懼一切烏有在恐懼中我們測量體溫心跳
測不出煩憂生老病死的種種苦悶種種叫囂
量不到圍繞悲歡離合的諸多無奈諸多焦躁
我們在被恐懼控制的城堡陪孤獨一起煎熬
等待親友的一絲微笑企盼愛人的一個擁抱
有一天我們會記起這座被恐懼占領的城堡

烏暗沉落來

——獻予九二一集集大地動著驚受難的靈魂

烏暗沉落來
對咱臺灣的心臟地帶
烏暗沉落來
對咱操煩哀傷的心內
烏暗沉落來
當厝瓦厝壁揣袂著歇睏的所在
烏暗沉落來
我的厝邊陷入斷裂的生死絕崖

佇蝴蝶飛啊飛的草埔
烏暗沉落來
佇鳥隻哮啊哮的山崙
烏暗沉落來
佇溫暖的燈火前，佇晚安的嘴唇邊
烏暗沉落來
佇甘甜的眠夢內底，佇柔軟的眠床面頂
烏暗沉落來

烏暗，無得著咱的允准，重晃晃沉落來
拆離橋樑，拆破山崙，拆開咱牽手相佝的人生路
拆散咱，鬢邊交代永遠無欲分開的情佮愛
烏暗，攏無共咱通知，烏嘛嘛沉落來
𪜶歹厝柱，𪜶落厝樑，𪜶害咱用心經營的家庭
𪜶慘咱，昔日下願花開月圓的將來

烏暗，破瓦亂亂飛，沉落來
烏暗，砂石盈盈滾，沉落來

烏暗，沉，落來
我心酸酸，祈求世紀末的悲哀早早過去
烏暗，沉，落來
我心糟糟，寄望美麗島的傷痕趕緊好勢
烏暗沉落來
我心悶悶，但願冤死的魂魄永遠會得通安息
烏暗沉落來
我心憂憂，期盼倖存的生者繼續向前去拍拚

在廊柱和落葉之間

當門駭然洞開之際我們皆感
訝異。在廊柱的陰影下有微怨
和雜沓的陽光，雜沓的蝶群
翻飛，並且舞踊。而這是
風和日麗的春天，有葉
悉嗦墜下，委曲在盤根的
樹縫裡，且一句話，也不講
只把土地讓給了我們讓給牆
把眼光，如廊柱後的門
交給了黑鬱深敻的門後的虛空

而我們昨夜剛從史冊簡頁中
醒轉過來，戚戚站立於此
仔細審視天空和雲和偶而
低飛以過的漂鳥和彷彿我們的
三兩落葉，在不可思議的春
在廊柱之前，審視先人的手澤
鑿痕、以及血跡，審視我們
身內一樣亢然搏動的血統
想像那些蝶們如何裝扮白天
想像天黑後一個老人默然搖首

捧心自廊柱間奪門走了，像一瓣葉
迎風下墜，留給臺階沉重的輕喟
我們張口而不聞驚叫，瞪目

而視野疾疾陸沉，心惶惶而
四肢自縛於一網陰影——似乎也
只有落葉，自史冊中頁落於地
那門瞬間閉關，把春天丟給我們
把蝶群拋給陽光拋給陰影拋給我們
而在廊柱和落葉之間，我們
僅僅是理也理不出頭緒的荒草一片

大寒

這時候，他們都該已就寢了
床頭燈緩緩地熄滅了
窗帘也靜靜地閤攏了
街道沉默在街樹的沉默中
橋墩隱蔽在橋樑的隱蔽下
這時候他們，都該已睡著了
島嶼蜷曲在海洋的被褥裡
大陸袒身於沙漠的枕頭邊
亞洲跟美洲擠在一塊取暖
南極和北極互相使著眼色

這時候他們都該已，入夢了
地球急急從軌道拋離
星雲疾疾自大氣現出
有些粒子繼續反目
有些物質開始燕好
這時候，他們，都該已，睡熟了
被放捨的我仰望夜空
在巨蛇一般蜿蜒的星海中
再也找不到他們入夢的太陽系
再也找不到他們就寢的地球

牧歌

——觀黃土水浮雕《南國》

所有市廛喧聲，到此肅穆靜寂
但見裸身的牧童凝睇
小牛，對視眸中的憐惜
蕉葉召來一波波南風
喚醒春耕的土地

隱隱有牧歌傳來，無歇無息
於歷史迴廊中悠悠寄遞
三個牧童和五頭水牛喃喃低語
還在殷殷禱祝主人歸來

所有市廛喧聲，到此肅穆靜寂

夜過小站聞雨

越過廣垠的原野無聲的夜
翻過暗黑的山巒無語的夜
靜靜落下是天空陰冷的臉
徐徐逼來是海洋鹹濕的淚

海洋的淚躲進窗中那臉上
天空的臉逃入眼前那燈內
燈在夜裡徐徐翻過那山巒
夜在燈裡靜靜越過那原野

靜靜越過小站陰冷的牆垣

徐徐翻過小站鹹濕的簷榭
列列廊柱閃若無情的刀影
幽幽落葉飄似旅人的嘆喟

嘆喟迅即被黑夜的嘴吞噬
刀影仍舊隨細雨的睫揮舞
燈在夜裡不屈地靜靜昇起
夜在燈裡委曲地徐徐離去

出口

劍刃上行，冰稜上走；不涉階梯，懸崖撒手。

——無門慧開禪師

痛楚，宛然荊棘刺身
我行走於劍刃之上，風雷
扒開厚沉沉的烏雲，怒目相看
拋下巖峻的眼神，在野地上翻滾
這行路，如今反過來踩踏我
暗鬱的天空下，山河噤聲
只有風雨疾穿而過
把孤獨寫成了一行垂淚的燭火

迅即冷凝，迅即擴散
鋪就一床雪原，遮蔽了出口

覆蓋我，以冰霜為衣
包容我，以雨雪為裘
要我行走於冰稜之上，雙眼如盲
來時階梯已遁逃足下
而跨出一步，就是懸崖
這天地一無分際
榮耀與羞辱塗抹黑也塗抹白
且困我圍我，於最不起眼的句點
進退，都在方寸之中
出口，則在撒手之後

告別

撒一把鹽，在天與地之間
化作純淨，化作遠離苦厄的誓願
如寒冬細雪，冰封重重汙穢
包覆廣闊山河，也包覆痛徹心肺的哀悲

撒一把鹽，在恐慌和驚嚇之間
沖洗不潔，沖洗滿布疑慮的心念
如夏日雲河，閃爍曖曖星輝
流淌浩瀚長空，也流淌澄明清澈的眼淚

在天與地之間，撒一把鹽

我們告別一切劫難和災變
在恐慌和驚嚇之間，撒一把鹽
我們告別所有鬱悶與熬煎

凝注

沉默是愛
凝注是關懷
這午後短暫的對視
把陽光也凝住在
我與你們凝注的
眼中

這世界坎坷不平
路總是在顛仆後才出現
這世界粗糙難圓
夢總是在闃暗中才放光

我曾走過的路
我曾做過的夢
一覺醒來
都已寫在我的
額上

而你們
有自己該走的路
有自己要做的夢
放心寫到自己的額端吧

景之四

鹽

生活的滋味是人群意念交流、是城
市氣味流轉、甚至政治撒落的甜鹹。

受環流影響

氣溫與季候沒有
個性，它們來去
不由意志。空氣下沉
風力微弱，必屬副熱帶高壓
吹向赤道者成為東風
偏向兩極者則是西風
雲霧雷雨因而大作
春夏秋冬為此易序
在冷與熱的夾擊中
都為了受環流影響

脾氣跟心情也是這樣
沒有固定的氣象
它們來去，無法預報
高氣壓時你無緣無故笑了
低氣壓時你為此為彼落淚
從臥室到客廳而辦公室
從出門到馬路而電影街
你在熱季風和冷氣團間
打轉，在悲與喜裡磨蹭
只為了受環流影響

盆栽

做為盆栽，他已覺頗為滿意
在方圓有限的盆裡，他擁有
自己的領域，擁有陽光、水
以及空氣。且較諸同儕幸運
為無懼於戶外的風雨他竊喜

站在被保護的窗緣，他謳歌
廣邈無邊的天地，讚頌風暴
雷電之壯麗。而對於被摧折
遍地的花草樹木則嗤之以鼻
較諸粗俗，他寧取盆中長綠

立場

你問我立場，沉默地
我望著天空的飛鳥而拒絕
答腔，在人群中我們一樣
呼吸空氣，喜樂或者哀傷
站著，且在同一塊土地上

不一樣的是眼光，我們
同時目睹馬路兩旁，眾多
腳步來來往往。如果忘掉
不同路向，我會答覆你
人類雙腳所踏，都是故鄉

聲聲慢

尋尋

一早醒來，找不到與妻合用的
牙刷。將牙膏粉刷在齒壁上
對著光潔的小鏡
警告離家出走的朱唇

覓覓

到了中午，冰箱也呼呼喊餓
穿著皮鞋走入屋後的沼地

挖掘昨夜遺失的餐點
等待尚未到來的晚報，充飢

冷冷

星星躲在斑斕的路燈下
長巷裡有醉酒的年輕人唱著走過
怎麼？昨夜猶與妻結髮對吟
鏡中冷氣機前的自己竟已童山濯濯

清清

走在西門町的街道上，想想那雙
穿著從床底撿出的襪子的腳有福了
再也不怕，忙於照顧妻的小肩的手

任令剛擦亮的皮鞋被別人的眼踏髒

淒淒

在新公園的音樂臺前，看到
一對情侶正用嘴唇排版愛情的書
哎！現在的印刷業太發達了
當年與妻約會只有靠眼神筆錄

慘慘

回家的時候，燈竟然不亮了
摸黑走進了滿地垃圾堆積的屋裡
為了找尋偷偷藏在書櫥內的蠟燭
無意打翻了妻臨走那晨新插的茉莉

戚戚

臨睡前，發覺床鋪空闊了許多
伸展手腳也不怕被妻的美麗吸引
抱緊被子，聽憑
細雨走進窗內在枕畔點點滴滴響起

龍的文本以及它的四種變體

0．龍

帶鱗　帶角　帶鬚
從雷　從雲　從雨
上天　下海　入地
一脈　相承
綿延　不息

有　傳說
無　傳人

幸好　它不是
瀕臨滅絕動物
可複製可仿冒可隨意使用
不怕三〇一

1．聾

因為牙痛
求診的我
在醫師面前
說不出話來

話說太多了
醫師暗示
少說些話

自然不痛

我趕忙回家
閉門鎖戶
牙痛果然痊癒
耳根也清靜了

天下　闃寂
太平　無聲

2．籠

不關思想
關　罪刑
不犯上意

犯　法律

你的人身自由
受到絕對保護
讓你獨自享用
一片天空

隨你
愛怎麼想
就怎麼想

3．攏

我的手
等你牽

我的肩
等你靠
我的眼神
等你關愛

我的一切
攏總
給你

連我的空虛
也一併
讓你帶走
任你宰割

4．聾

我把一生
青春　悲喜與榮辱
都獻給土地

從黑髮　朝思
到白髮　暮想

普天
之下
莫非
我土

沒有我　哪有家
沒有我　哪有國

亂

在靜寂的夜中醒過來
醒過來的夜喧譁著
墨藍的天空隱藏迷幻的紅
淺綠的窗簾飄搖虛空的白
鐘擺彷彿也被嚇呆了
所有指針都反向逃竄

沉默的夜，沉默的張狂
囚車烏黑，滿載叛徒顛頗前行
群眾以白眼，魚肚一般翻破了天
血雨灑落子彈犁過的田

一堵廢牆依舊顫抖，在灰瓦下
孩童躲在沙包間找尋太陽
雞鴨，為地盤吵架
夢中被棄的小村，偷空打了一個小盹

從靜寂的夜中醒過來
醒過來的夜回味夢中的夢
分不清是金邊市郊即景
還是波士尼亞邊區北愛爾蘭麥格賀拉斐特鎮
分不清是西藏山區伊拉克南界
或者厄利垂亞農村約翰尼斯堡城外
有些國家醒著有些國家睡了有些國家
未醒未睡半醒半睡腥紅著雙眼
在靜寂的夜中狂亂
在狂亂的夜中靜寂

髮眼鼻耳舌頸胸腹腰肚手臂腿腳趾
都攬在一塊兒給砲火帶走了

這夜也以另一種臉顏沉默著
在曼谷在紐約在巴黎在莫斯科在上海在臺北
愛滋通過血水交融滋生愛的共同體
罌粟大麻植床在人類的體膚上
狂歡舔上都會男女乾渴的唇間
飢餓寫入窮鄉孩童的骨頭
核能電廠獰笑，等待下一回的奔放
臭氧層苦澀的傷口，百無聊賴地，擺著
在靜寂的夜中醒過來
世界洲界國界人界皆已泯滅
只剩皮膚與皮膚競逐顏色

在靜寂的夜中醒過來的夜喧譁著
醒是夢，夢死也醉生，醉後還得醒
和平夢，夢戰爭，戰爭夢和平
積木一樣，隨意堆疊
亂，也隨意堆疊
積木一樣溫順沉默的我們
在政客軍頭的遊戲中
被集合被解散被撿拾被棄置被敲打被命令
被編號被設籍被上色被分類被排列被界定
在夜的某個區位中
在亂的某個經緯上
在我們自己也搞不清楚的某個夢裡
我們堅決相信可以夢見黎明

醒過來，自靜寂的夢中

這個世界用亂建構了邏輯
愛與恨以對立的鬥爭相互取暖
在夢的狂亂中
我們因為沉睡，錯過黎明
至於鐘擺
仍擺在該擺的地方
在靜寂的夜中
動
也不動

請勿將頭手伸出

請勿將頭手伸出
窗外，窗外是人群
更多的眼睛和心情
他們仰望你，猶如
乘客盼望公車，猶如
市場期待海濱，期待
海濱撈來的海鮮。不要
把頭手，伸出窗外
窗外是市集，所有的眸子
俟候你，猶如窗外的青空

請窩藏你的情緒
舉你的手如V，向他們
一切盼望著你的浮塵
加以安撫，加以慰問
你是嚮導，當他們鋪好路徑
等待你通過，你千萬不要
把頭，手伸出窗外
你的眼，請向更遠的前方
你的手，請握更穩的舵盤
別讓浮塵蒙蔽，請直奔遠方

一封遭查扣的信

——致化名「四〇五」的郵檢小組

〇〇同學如晤：關於爭取〇〇愛情一事，顯然你的策略不對。把火放到冰冷的水中，你真他媽有夠阿Q你說上頭反對，你想動也動不起來不妨參考參照左列這段革命嘉言：

1. 革命還沒有成功
2. 所以革命要一直下去
3. 到成功然後止

4.因為革命力量是不能壓抑的
5.譬如高山頂上有塊大石
6.若不動他
7.就千萬年也不會動
8.但有人稍微撥動之後
9.他由山頂跌下
10.非到地不止
11.若是有人在半山腰想截住他
12.這人一定是笨呆的

愛情何嘗不也是這樣？TRY 一下動他一下，他會從山頂跌下，跪地求饒，不再裝出一副神聖莊嚴不可侵犯的樣子。請勿再戒嚴你自己了把滿腔的烈火丟進乾枯的柴堆裡吧

（批注：本信假借教導學生求愛技巧暗示政府施行戒嚴之不當，煽動學潮阿Q一詞為共匪所慣用，乃匪諜陰謀革命推翻政府確證。應即予詳查。）

註1：所謂「四〇五」郵檢小組，據自立晚報三月十五日報導，係存在於郵局中之安檢單位，由警總、調查局、情報局及郵局人二室聯合組成。

註2：1－12所引句，出自孫中山〈學生要努力宣傳擔當革命的責任〉一文。

未歸

——閨怨之一

餘暉已緩緩將布坊的流漿染成
一片驚心，閣樓上許多機杼
碌碌織著窗頭喑啞的斜陽
水聲潺潺，前年夏天
雀鳥在簷下走失且忘記窗的招喚

自從去冬下廚總記得用雪花
當作調味的鹽巴，每道菜
都標出鞋的里程與風的級數
枯葉打今秋便簌簌地落下
或者花仍要到明春方纔綻放

讀信

——閨怨之二

據說強力颱風
昨夜便已登陸，今晨
陽光依舊豔著，只依稀
門外那叢婚時栽下的觀音竹裡
有驚嘆的，斜倚！

客廳中獨自守著電視
手裡的針線無意擾亂了畫面
顫動地，根據氣象預測
明天各地皆晴
怎麼郵戳上分明記載，小雨……

議員仙仔無佇厝

議員仙仔無佇厝
一個月前為著村民的利益
他就出門去縣城走從
道路拓寬以後交通便利
工廠一間一間起大家大賺錢

議員仙仔一向真飽學
聽講彼日佇議會發威
先是罵縣老爺無夠力飯桶
紲落去笑局長是龜孫仔
議員仙仔是官虎頂頭的大官虎

當初這票投了實在無毋著
毋但賺薰賺錢賺味素
而且如今揣議員仙仔仝款真照顧
東一句王兄西一句李弟
握一个手任何問題攏無問題

可惜議員仙仔無佇厝
新起的一間工廠放廢水
田裡的稻仔攏總死死掉
可惜議員仙仔一個月前就出門去
爭取道路拓寬工廠起好大家大賺錢

村長伯仔欲造橋

村長伯仔欲造橋
為著庄裡的交通收成的運送
猶有囡仔的教育
溪沙全款算未完的理由
村長伯仔每一家每一戶拼門
講是造橋重要愛造橋

村長伯仔實在了不起
舊年裝的路燈今年會發光的賭一半
今年修的水管舊年也已經修過兩三遍
只有溪埔雖然無溪水也愛有一條橋
有橋以後都市人會來庄裡就發達

造橋重要收成運送也順利

造橋確實重要若無庄裡就無跤
計程車會得過毋過小包車想欲過不敢過
咱的庄裡觀光資本有十成便利無半成
造橋重要請村民支持這也不是為我家己
雖然我有一臺金龜車，橋若無造
仝款和各位父母步輪過溪埔

村長伯仔講話算話
每一日自溪埔彼邊來庄裡走從
為著全庄的交通村民的利便
他將彼臺金龜車鎖佇車庫內
村長伯仔講是橋若無造他就毋開鎖
哎！造橋確實重要愛造橋

一隻鳥仔哮無救

嘿，嘿，彼就是一隻鳥仔
佇政見發表會的臺頂哮救救
嘿，嘿，彼就是一隻鳥仔
佇寒涼風雨中的暗暝欲找岫

飛來飛去，為著找鳥岫
哮救救，彼隻鳥仔眼中有憂愁
也驚無人知影伊的成就
也驚有人啼笑伊的哀求

飛來飛去，總是找無岫

哮救救，這隻鳥仔喙邊無喙鬚
談天南說地北，亂哮一大場
論現在講過去，哮到無親像

哮救救，毋知著怎樣
臺腳的聽眾心內到底啥要求
哮救救，誰人肯收留
臺頂的鳥仔目屎滾落心頭憂

為著滿腹的主張，這隻鳥仔
決心奉獻追求，追求伊的享受
為著大家的前途，這隻鳥仔
願意享受犧牲，犧牲咱的自由

風微微，臺頂鳥仔哮救救——

「為本地發展，造道路是我的主張！」
雨淒淒，臺腳聽眾隨个溜——
「造路無必要！保田園才是阮要求。」

鳥仔一聽頭昏昏，趕緊就更正
「著著著！造田園正是我所主張。」
鳥仔講甲腦鈍鈍，向聽眾搧手
「毋通溜！欲造田園大家來研究！」

嘿！嘿！彼就是一隻鳥仔
佇政見發表會的臺頂哮無人救
嘿！嘿！彼就是一隻鳥仔
佇風雨收煞的暗暝孤單伴月娘

雨落

必須出去闖盪的年紀了
嚮往城市繁華的少年，砍倒
枝椏落盡的老樹，在樹中
迴繞的年輪裡，想起
乾枯閉塞的晨露

該是回到家門的時候了
縈念愛孫歸期的老人，捧著
茶煙瀰漫的小杯，在杯裡
倒映的皺紋中，看到
深陷洸洋的江河

藤蔓

起先是依順，在被禁錮的井底
一株藤蔓，屈身於暗鬱的角落
任隨陰濕的水露侵襲——仰首
是一丁點光線，遠遠地懸掛著
井緣劃出來，藍而幽冷的天空

伸展手腳，藤蔓要掙脫古井的
鎖鍊——捶擊推撞攀爬，最後
逃離了無可救贖的井，萎枯地
躺下來，在井外漸弱的微光中
野雀一會兒飛臨，一會兒飛逝

白鷺鷥之忌

寒天的時陣樹葉漸漸落
庄裡的大細厚衫一領一領穿
風帶著雨走來無稻仔的田裡放田水
雨綴著風徛佇清氣的街仔路掃糞埽

寒啊！樹仔落葉透風就穿衫
冷啊！樹仔落皮滴雨就擇傘
戇留毋驚風毋驚雨只驚無枝可棲的白鷺鷥
戇留毋知寒毋知冷只知無藥可醫的某死去

彼時的生活，黯淡毋過歡喜

早起我擇鋤頭出門伊佇門邊送我去落田
飯包內底是芹菜加三條鹼酸的菜脯
心肝內底有百萬聲歹勢佮溫暖的目色
三更半暝伊佇菜櫥內偷偷揣揣未著的豬肉

三更半暝我佇眠床頂暗暗想想未起的錢財
若是稻米收成風颱無來一張一張美麗的銀票
起好勢的厝買皮鞋送伊予囡仔交補習費
閣買電鍋叫瓦斯電視暫時等兩年
伊的身軀傷軟弱著㲰伊去看先生好好醫

伊的身軀無勇健為我的營養透早就起床
彼暝伊腰酸背痛面色帶青
山裡的草藥無效去城裡看先生過頭貴
這隻牛犁田傷慢可惡我會慢一工提著錢

白鷺鷥白鷺鷥因何飛起向西天飛去

白鷺鷥白鷺鷥伊煞來破病無藥通醫
先生有藥方稻仔未收成我無金錢炁伊去看病
厝邊有金錢厝瓦未崁好我無力量為伊去借錢
我是天下間最無用的男子枉費伊綴我一世
我是人世間最偉大的人物超渡伊離開苦悲

戇留毋知寒毋知冷只知伊的查某綴人來離開
戇留毋驚風毋驚雨只驚田裡晛著伊的白鷺鷥
冷啊！樹仔有地好鑽戇留無某毋做田
寒啊！樹仔有天好頂戇留無某毋蹛厝

雨綴著風走來戇留的破厝偷偷搬磚瓦
風帶著雨踮佇戇留的田裡暗暗種野草

庄裡的大細猶是厚衫一領一領穿
寒天了後，樹葉仝款一片一片落

偏見

在粗率的一瞥中
柳橙穿上了橘子的外衣
鹽巴闖入了砂糖的屋邸
蒽花潛進了大蒜的戶籍
雨滴，矇混在眼淚的行列裡

或者由成見開始
把白馬從馬群中驅逐出境
把花鹿硬是安上馬的名姓
把馬說成驢和騾子的私生
把恨，當作唯一的愛情

鏡子看不見

【本報記者臺中專訪】臺中縣
惠明學校的操場上、教室裡，
到處看得到一張張炭黑的小臉，
他們的世界漆黑依舊，平靜的
生活則在發現食油中毒後，
起了劇烈的變化……
惠明學校有一百一十四位
失明的學生，包括老師和眷屬在內，
共一百六十五人，全部，
中毒。學校教務主任說：「我們
只能慶幸——這些孩子，

看不見，自己的臉！」

然則在一望漆黑中你們也知道
鏡子嗎？透過爬滿瘡疤的手
那種光滑，會不會粗糙
這些問題跟著鐘擺來回地游動
孩子你們仍像昨天一樣
順著操場上橫牽起來的繩索
兩端，來回不停地跑著
你們的汗珠艱困地跌落
在鏡中——老師的我
只能咬牙注視自己臉上也有的汗
緩緩爬過凹凹凸凸的瘡
孩子你們是不是也知道

鏡子看不見：你們覺得羞辱的
同時長在看得見的老師的身上
而我們一齊流的汗，鏡子不能分辨

那些痛那些癢，那些搔抓後的疤
鏡子恐怕也都不知道
只有孩子你們，用善良而敏銳的心
能明瞭：它們命定是終身的記號
我和你們都不能不接受
那些疹那些癧，那些向內長的指甲
鏡子一定也都看不見
只有孩子你們，藉粗糙而角化的手
能觸及：尚未受傷的愛
支持我和你們睜大深陷的眼睛
像黯夜摸索的野火

像仰望蒼空的枯樹
能不能我們聯手走一段坎坷的路
會不會，如你們顫抖著相互
擠出白膿，自淚裡吸汲苦澀的勝利

而在鏡中，操場上或跑或坐的你們
而在鏡外，課堂裡或誦或唱的你們
看不見老師臉上蜂巢似的黑痘
看不見老師疤間冷雨般的汗珠
鐘擺仍嚴酷地自鏡面劃過
校園內大王椰子的樹葉沙沙響起
彷彿我又聽到你們愛唱的歌
「看著網，目眶紅，破到這大孔……」
是不是你們也已看見
所謂不幸，是我們幸而承擔了

別人可能遭受的厄運
所謂幸，是我們不幸而受害
及早保護了周圍的顏面和光滑
然則在美與醜間我們選擇愛
即使鏡子看不見

小暑

推開窗子，首先是烏雲
把錯落著的大廈逐一揑住
眼下是棋盤一樣的街和路
瘦瘦小小，疾行的車
一下子啟動一下子煞住
再遠些，是河流銜著橋
再遠些，是橋扯著山麓
再遠些，是山麓扛著雲
再遠些，就一切都不見了
只有靜止的風醞釀著陣雨

關上窗子，背後也是世界
卷宗錯落，壓住辦公桌
椅子畏縮，退了兩三步
萬年青青在牆角
一半兒嫩綠一半兒黃熟
再近些，是殘稿纏著字紙簍
再近些，是字紙簍陪著風扇
再近些，風扇掀開了計劃書
再近些，電話急急跳起腳來
唾沫橫飛在話筒的另一頭

咬舌詩

這是一個怎麼樣的年代？怎麼樣的一個年代？
這是啥麼款的一个世界？一个啥麼款的世界？
黃昏在昏黃的陽光下無代誌罔掠目蝨相咬，
城市在星星還沒出現前已經目賙花花，匏仔看做菜瓜，
平凡的我們毋知欲變啥麼蠓，創啥麼碗粿？
孤孤單單。做牛就愛拖，啊，做人就愛磨。

拖拖拖，磨磨磨，
拖拖磨磨，有拖就有磨。
這是一個喧譁而孤獨的年代，一人一家代，公媽隨人祀的世界。
你有你的大小號，我有我的長短調，

有人愛歕 DoReMi，有人愛唱歌仔戲，
亦有人愛聽莫札特、杜布西，猶有彼个躼躼長的柴可夫斯基。
吃不盡漢堡牛排豬腳雞腿鴨賞、以及 SaSiMi，
喝不完可樂咖啡紅茶綠茶烏龍、還有嗨頭仔白蘭地威士忌，
唉，這樣一個喧譁而孤獨的年代，
搞不清楚我的白天比你的黑夜光明還是你的黑夜比我的白天美麗？

拖拖拖，磨磨磨，
拖拖磨磨，有拖就有磨。
這是一個快樂與悲哀同在的年代，七月半鴨毋知死活的世界。
你醉你的紙醉，我迷我的金迷，你搔你的騷擾，我搞我的高潮，
庄腳愛簽六合彩，都市就來博職業棒賽，
母仔揣牛郎公仔揣幼齒，縱貫路邊檳榔西施滿滿是。
我得意地飆，飆不完飆車飆舞飆股票，外加公共工程十八標，
你快樂地盜，盜不盡盜山盜林盜國土，還有各地垃圾隨便倒，

唉，這樣一個快樂與悲哀同在的年代，
分不出來我的快樂比你的悲哀悲哀還是你的悲哀比我的快樂快樂？

快快樂樂。做牛就愛拖，啊，做人就愛磨。
平凡的我們**毋知欲變啥麼蠓，創啥麼碗粿？**
城市在星星還沒出現前已經**目睭花花，匏仔看做菜瓜，**
黃昏在昏黃的陽光下**無代誌罔掠目蝨相咬，**
這是啥麼款的一个世界？一个啥麼款的世界？
這是一個怎麼樣的年代？怎麼樣的一個年代？

註：黑體字型為臺語

景之五

聲

來自土地的眾聲，細密或喧譁、綿長或短促，是否聽見那成詩之懸念。

晴雨

下午的時候，我從苔覆的山徑
走過，風中夾帶著雲的語音
葉子們彎下腰來挽留
將暮的天色，一隻斑鳩
衝出榆樹枝枒的重圍並且翱翔

植物的愛情，一種仰望的
飛騰，黃昏漸暗的林間
風景招喚著雨聲，乘隙而入
在灰色的高巖上，陽光
被斜斜踏成一朵：含淚的小花

暖暖印象

睡，蟲鳴和天籟相陪
醒，鳥叫與花香步隨
草木在身上競寫蓊鬱
塵土也不敢任意撲飛

小街細長，有靜美洗滌人情
群山連綿，以碧綠澄澈藍天
那那社的舟楫彷彿還泊靠在水岸
荖寮坑的石厝青苔猶眷戀著煤煙

暖暖溪中，急湍歡喜愛撫壺穴

暖東道上，大菁一路咬住小徑
還有紅磚幫浦間、雙生土地公廟
都教百年前的明月流連至今

回眸是林間拋來一記翠綠
仰望是夜空灑下滿天星光
睡前，暖暖心境伴微笑入夢
晨起，徐徐清風送朝陽進窗

火與雪溶成的

眠鼉一樣，沉靜的花蓮
左枕中央山石，右漱太平洋浪
群山攜手圍出翠綠領襟
波濤競步匯為花白裙裾
花蓮，處子一般的花蓮
奇萊北峰以背靠倚
秀姑巒溪以足洗滌
卡羅萊斷崖挽留將逝的白雲
太魯閣峽谷召喚未醒的清泉
在花蓮，太陽一早就掀開了亮燦的眼

到花蓮來，什麼也不用帶
只要把心窗完全敞開
如果是冬季，瑞雪皚皚
碧藍的穹蒼會鉤出
沿著山脊往上爬的白
雪會羊毛一樣，迎著冷風
延著稜線鋪下一路的暖
雪會飛瀑一樣，在香杉的枝枒間
把天上的河攔截下來
呵冬季的花蓮，冷是沉默的存在

如果是夏天，花蓮的夏天
群山與眾水也相互爭豔
嵐氣拂吹杉髮樹膚
雲浪沖洗山腰巒腹

炎熱的夏逗留於嶙峋巨石
流泉和野花熱戀於峽谷
而石梯坪沿路走向海邊
豔陽忙碌織著大海的眉紋
沙灘躺下來，花蓮躺下來
啊夏天的花蓮，山和海都躺了下來

還有晨曦，在春天的花蓮
猛地敲醒夢的野原
悠悠喚回阿美族老婦的懷念
當年祖先孤舟過洋
一樣的晨曦照著山映著海
從靜浦、舞鶴到烏漏
在這裡忘掉了姓氏和語言
平埔、泰雅、布農與漢人

恩怨已去，歷史走到今天
晨曦攀上她們深濃的眉線

還有大理石的剛毅，在秋天
秋天的花蓮，紅葉嬌美
逼問身畔奇石的冷豔
立霧溪一早就輕快地跑到合流
挾兩側山壁，俯衝林間
迴谷靜肅，眾木穆然
風在其間梭巡反顧
水的唇吻，決絕地
在火成岩的頰上留下最柔美的曲線
秋天的花蓮，岩石比紅葉還豔
眠躉一樣，一樣沉靜的花蓮

山川河海全都聚集來此
春夏秋冬依序留連
美，通常沉默；愛則是
冷毅和溫柔諮商之後寫在岩上的諾言
山風叩，海雨問
這眠蠶一樣沉靜的花蓮
晨曦醒，霧靄臥
白，如火。紅，似雪
火與雪溶成的花蓮

雨水

一路隨防波堤快步跑來的
是海峽層層推湧的白
添一些波光，冷冷襲入
港的胸膛。遠處有
三兩漁船，纏鬥著風浪
烏魚群躲避著羅網
漁人張開勁健的雙手
擰出膀上汗與鹽的光芒
暖流這時正一寸一寸撫過岩岸
黑潮不捨，由南北上

黑潮沖激，沿島的東域
帶來漁穫，也攜來暖和
但海上並不溫柔。風慫恿雲
雲呼喚雨，雨可不客氣
一霎時撞進港的臂彎裡
船也陸續，馬達啟動
逐防波堤而來，前推後湧
是春天上陸的消息
冬，就此解凍
雨水正豐

落雨的小站

聽說，夏天是個滾轍如翅的
季節，總愛擂打大地以淚
以珠點的串串，以輾轉反側的輪跡
在東部，一個高山和稻原戀愛的小站

在東部，一個烏雲擁吻陽光的午後
幾乎所有歌聲都已入午寐
從破落的簷下，有朵朵小花，任風
飄墜如泥，如泥飄在旅者的夢原中

飄墜如泥，而路是唯一恆不入寐的過客

從遠遠遠行來，向遠遼遠遠行去
當雷鼓雨鐘敲不醒笠下的幽怨
荒漠已涼涼，路猶悍悍地走過小站

荒漠已涼涼，路猶默默地走落七月
而雨聲總是路般地
路般地戀著小站的牆垣
路般地助吻過山原的唇線

暗風和溪水

庄裡過溪彼爿杉林內住著
一个人，親像伊的草寮頭前
一叢透風就唱哭調仔的
杉仔，伊叫幽木

山裡過溪這爿溪埔四界
攏是石頭，像暗時厝邊
閃熾的燈火，佇黯淡的溪埔
唱出一條纏綿的水歌

水歌纏綿，石頭搬動三十年

杉仔的身軀頂寫著
幽木一刀一劃的哀悲
袂曉笑袂曉啼，暗風來時
搬動石頭踏溪水

當初為正義，不滿
江湖道士妖術拐厝邊
道士受氣發淫威，畫符發咒
除非幽木辨牲醴賠毋是
若無每工搬動石頭三十年

黃色的符仔，哲佇
石頭無數的溪埔邊
風雲變色，杉林內閃著
轟動的雷，幽木跋倒，滿山

雨滴，徛起來袂曉笑袂曉啼

江湖道士滿足來離開，哪知
水淹溪埔，雺雺一片
道士自信法術透天，哪知
跤踏石頭滑落去。水聲纏綿
可憐幽木，搬動石頭三十年

這條歌庄裡的囡仔攏會曉唱
唱予聽毋捌的幽木聽
幽木每工透早一粒一粒石頭戇戇仔搬
囡仔每暝對頭一遍一遍歌聲嘻嘻仔唱
這个故事庄裡的大人攏知影
講予想袂通的囡仔想
暗風每工日落一陣一陣唱出幽木的寂寞

溪水每暝月出一聲一聲講著幽木的哀悲

種籽

除非毅然離開靠託的美麗花冠
我只能俯聞到枝枒枯萎的聲音
一切溫香、蜂蝶和昔日，都要
隨風飄散。除非拒絕綠葉掩護
我才可以等待泥土爆破的心驚

但擇居山陵便緣慳於野原空曠
棲止海濱，則失落溪澗的洗滌
天與地之間，如是廣闊而狹仄
我飄我飛我蕩，僅為尋求固定
適合自己，去紮根繁殖的土地

村景

蘆花在北風刷洗下
白了鬢髮，而悠悠流逝的
潺湲不息的溪水啊，刷洗著
苔石；水湄或蹲或站的婦女
也在晨曦中默默刷洗著青春

在晨曦中，小村漾盪著澄黃的
光與色澤，嬰孩偎在浣衣的
母親的背上睡著了，而此起彼落的
搗衣的水聲啊，聽到的只有
籃中的衣服，上游的白鵝

芒種

梅子已黃，雨兀自飄落
泥濘的巷中，有人
披著被遺棄多年的簑衣
匆匆俯首而過，斑駁的
土墻，挽留不住他的腳步
一九七九年初夏，在南臺灣
小港的山裡，我見過
這樣一幅難以忘懷的畫面
水漬努力地攀住頹墻
隨即又癱軟墜下

簑衣、竹笠以及農具
至今依舊令人喜愛，逗留在
精緻彩印的畫刊裡
一九八六年春末，在大臺北
舊書肆的角落，我發現
來自香港的曆書攤著
線裝、霉爛、粗黑的宋體字
羞怯地解釋安床與納畜
店外呼嘯而過刺耳的車聲
黃燈閃爍，雨兀自飄落

魚行濁水

公車轎車機車腳踏車
白煙烏煙殕煙烏白煙
紅燈黃燈青燈閃爍燈
倒爿正爿後爿前後爿
車綴車，一行若溪水
煙拼煙，一拼水濁濁
燈換燈，水暫停
爿對爿，濁水分袂清
分袂清，在市駛計程
南港上客吩咐走新莊
一面駛，一面停

雙線道路歹軁鑽
頭前轎車若像龜咧趖
叭一下，橫插公車靠站停
緊袂來，趕袂過
計程車若像魚，在市是浸濁水

濁水濁，魚仔一行一擋無法度
人客不時看錶嘖嘖叫
想欲超倒爿
對街走斜衝來大貨櫃
想欲鑽正爿
後壁數十臺機車爍爍顫
一面駛一面停
人客面色青，我也歹心情

路口黃燈熾啊熾
催油起行變紅燈
正越遇著平交道
火車鏗鏗鏘鏘一臺一臺來
先是載碳的慢慢拖
紲落去是莒光連鞭過
正爿走一臺，倒爿來一臺
三番兩次一等四五臺

這位禁止倒越，彼爿
改做單行道，閣過去
過橋討路費，閣過去
過路修水道，閣過去
車連車，濁水濁
人客你毋免著急心懵懵

青燈短，紅燈長
魚仔較勢，也是泅袂緊

泅袂緊，在市駛計程
透早出門是南港
新莊落客，日頭正中央
盡賺不過百外銀
也驚駛慢人客怨嘆
也驚駛緊警察開單
計程車，歹計程
魚行濁水，算來無前程

虎入街市

虎在深山林內做王
虎入鬧熱街市稱霸
深山虎威風凜凜
街市虎亂吼一場
威風的虎愈來愈少
亂吼的虎愈越愈濟
愈來愈少，深山虎
一隻一隻予人食入腹肚內
愈來愈濟，街市虎
一个一个將人食入腹肚內

在深山，虎是萬獸之王
入街市，虎做公共汽車
見著青燈，伊倏一下就過
見著黃燈，伊衝一下也過
見著紅燈，伊目瞯瞌瞌予伊過
管你是議員代表抑是老人囡仔嬰
伊只要亂吼一陣，黑煙一噴
保證你東倒西歪叫老爸
你若學伊目睛瞌瞌
伊拚死你無賠

毋通怪伊無目瞯
你佇站邊擛手，伊會衝來相揣
毋通怪伊跤手緊
你佇車頂揤鈴，伊會趕緊停困

你若失魂落魄頭垂垂
伊就一去過站頭毋回
你若老神在在假大尾
伊就漸停漸走予你追
伊為人服務，一路趕欲載人客
你是人客，有載無載差無你一个

虎入街市，狗也毋敢吠
伊起動有夠慢，一站一站趖
伊趕班有夠緊，一線一線衝
叭、叭、叭，伊目睭紅彤彤
嘸、嘸、嘸，伊心臟燒滾滾
伊賜你方便，你不敢怪伊隨便
你對伊客氣，伊當然比你福氣
為著保你百年身，請你讓一步

為著顧你雙隻跤，請你讓一步
虎入街市，喝欲起價也著隨在伊

棲蘭神木群

運柴車的鐵軌已然隱身而退
藏在扁柏和檜木蒼鬱成林的山道
這裡原是泰雅部落所在
以馬告（Makauy）為名
是山胡椒遍生的故鄉
幾座山過去，就是太平山
百年前伐木的工人吆喝聲
隨著風聲，還隱約可以聽聞
眾多古木，在斧鋸交加中
也隨著風聲淒然離去

百年後，倖存的百株巨木
至今還在未散的雲霧中
遙望蘭陽溪、多望溪，以及田古爾溪
引頸等候死去的弟兄復生
蘭花棲立樹幹上
也還企盼遲歸的情人現身
他們以各自的身姿
訴說各自的故事
有些寫在年輪上
有些訴與雲煙聽

翠峰湖小駐

沿小徑入山
陽光已搶先一步擁抱整座山巒
翠峰湖躲在二葉松的枝枒間
揭開了燦亮的眼
遠處的群峰也趕來湖畔
梳理仍未清醒的臉顏
亂雲此時也圍攏過來
左顧右盼
分不清此身
是在天上或湖面

而蕨類正以各種身姿輕攀
在山徑，在巨岩
在闊葉樹林下
咀嚼微寒風中飄過的虎杖花香
還有白木林的長嘆
寬尾鳳蝶則翩翩飛舞
於臺灣擦樹身畔
轉身但見白霧茫茫
從湖心竄出
以白紗一襲小駐山間

白露

一滴露珠閃閃發亮
在晨曦前鷹架的鋼柱上
微微傾墜，把漸藍的天
斜斜踩到對街高樓
刀刃一般切割出的牆緣
水泥散匿，在工地
守夜的人仍打盹
在挖土機的履帶前
整座城市還沒醒來
一個呵欠，從夏天打到秋天

一個小孩，從後面盪到前面
在工地後側公園內
跟秋天一起盪鞦韆
他前仰他後俯他睜眼他閉眼
地球跟著陶醉了
一棟大廈挨著一棟大廈
頂住即將傾斜的天
露珠一樣，一路蔓延
都市也跟著小孩
露珠一樣盪過天邊

山色

未到初秋而天已涼了
蟬聲漸漸寂寂走過
小徑那邊，楓葉偷偷
竊據了啄木嘰喳的論戰
彳亍是一種孤獨的溫暖

彳亍是柳杉的一種落寞
帽以青天鞋以大地
衣以堅持的常綠
但風雨每期期以為不可
天已涼了而未到初秋

秋風讀詩

從屋簷到門窗
風肅殺地穿過
從光滑亮麗的電梯間
到市場腥穢潮濕的甬道
詩到底匿跡在哪裡
從市場趕回客廳
膩了的是選戰轉烈的消息
從山區移植來花草的陽臺
看過去：三兩個孩童蹲著
張嘴向一小角天空發呆

天空，也在發呆
雁鳥先被煙囪逼走了
又被人家的鐵籠挽留下來
只有三兩朵白雲，踱著
俯視帷幕窗間的自己
詩是大廈旁所剩無幾的空地
任憑荒草讓秋風吹來吹去
愛也如是，一大群
把快速當默契的街車，一對
為了過馬路吵架的情侶

月亮已經回家去了

月亮已經回家去了
為什麼你？還流浪在這裡
DISCO、MTV 以及 KTV
閃爍的霓虹咬住蒼白的臉
迷茫的眼梢勾著雜沓的腳
聲光　抓狂的雙手
旋律　扭曲的軀體
你流浪
在這裡
星星看也看不到你

月亮已經回家去了
為什麼你？還留連在這裡
BJ、777 還有拉 BAR
指尖揮霍著空虛的青春
喧叫呼喚著脆裂的鈔票
數字　驚心如水
鈴聲　催魂若雷
你留連
在這裡
太陽照也照不到你

月亮已經回家去了
為什麼你？還徘徊在這裡
酒廊、舞廳，西門町或東門町
腥紅檳榔爬上潔淨的衣衫

灰黑煙灰纏綿明豔的唇膏
胸口　狼的舔吻
腰間　蛇的纏抱
你徘徊
在這裡
和風吹也吹不到你

月亮已經回家去了
鐘聲凍縮　在黝黯角落中
月亮已經回家去了
千燈哭泣　在闔攏的眼裡

迎接

白日用朝陽的眼神迎接新生的嬰兒
黑夜用明月的嘴唇迎接亡故的靈魂
青山用溪河的歌聲迎接翠綠的莊園
大海用波濤的合奏迎接四方的匯流

在殘敗的廢墟上，我們迎接礫土培栽的新芽
在死亡的浩劫中，我們迎接灰暗點亮的微光
在狂暴的風雨裡，我們迎接陰寒凝成的火種
在愁苦的災難下，我們迎接命運寫就的樂章

雙腳，站起來，迎接不再屈膝跪伏的路

雙手，闔起來，迎接不再斷裂破損的地
張開不再緊閉的眼，迎接我們張開的湛藍的天
擦亮不再蒙塵的心，迎接我們擦亮的世紀的臉

在砂卡礑溪

彷彿可以聽見野鹿奔走
在砂卡礑溪最最媚柔的淺灣
從百千年前大魯閣族的部落傳來
吆喝與椿杵共同搗出的天空
到此際還晴藍如昔

彷彿也是水的聲音，急急切切
跟隨紅嘴黑鵯在山黃麻枝頭
呼喚整座山谷
片麻岩兀自沉思，靜寂肅穆
於眾木咬耳竊語中

推敲心事

還有山風，駐足於此
傾聽歷史偷偷寫入岩石褶皺的嘆息
大魯閣社祭典的鼓聲
漢人開山、日軍征伐的槍聲砲聲
逐一走進玄黑曲折的大理石紋
目送砂卡礑溪往前急奔
野鹿野鹿，不復哀鳴
但使兩山之間飛奔的瀑布
為亂蹄亡走留下見證

到此際，宛然歷歷在目
色澤與曲線交響而奏的水聲
一路爬上太魯閣峽谷的兩壁巨石

在砂卡礑溪擱淺千年的灣靠
循水聲，依稀可以看見野鹿覓食

穀雨

我們從丘陵的眉間
醒過來，從霧的眼波裡
醒過來。這時已是暮春
三月，也在綠的盛粧中
醒過來。陽光行過相思林
給探頭的我們以澄黃
以及微笑。我們是綠的族群
二三百年來就站在褐的土地
醞釀同陽光一樣，一樣黃澄
撲鼻的甘醇與芳香

向更古遠的年代，西元
七六〇頃，隱居在苕溪
大唐的逸士陵羽低頭試著
叫醒我們：茶者，南方之嘉木也
來自南方的我們，三百年來
站在這島上，因四時節氣
有不同的色澤。如今在雨前
我們醒過來，從丘陵的眉間
　醒過來，從霧的眼波裡
大聲叫著：茶，性喜向陽

一都入詩中

——後記

《景色：向陽詩歌百選》是一本相當獨特的詩選，在我進入從心之年（七十歲）之際推出，也有標誌我一路走來的創作身影的意義。我必須感謝詩人達瑞的費心編選，以及他對本書出版的精心琢磨。

達瑞小我二十四歲（兩齒年），曾獲聯合報文學新詩獎、小說獎，時報文學新詩獎，著有詩集《困難》，編有《貳零貳零臺灣詩選》，是一位能寫能編的當代傑出詩人；本名董秉哲的他，畢業於真理大學臺灣文學系，是我在該系任教時的學生，觀音山、淡水河，還有詩，是我們共同的記憶。《景色：向陽詩歌百選》從倡議、編選到出版，都是他擘畫和執行，這本詩選因而蘊涵師生情緣的暖意。

我喜歡這本詩選的封面，整體看起來大器而厚重，能隱喻我的書寫風格；書衣引用我年輕時寫的詩觀，也是我至今仍執著的信念。而達瑞作為編輯人，為這本詩選勾勒的特色，更讓我有知音之感。他這樣寫：「詩歌可以透明，亦能色澤幻變，每每於時空微光處刻入念想，承繼了永恆。」說的是我半世紀詩創作的光影；「詩之涯如迢迢旅途流轉，一日因果，一日憂喜，半滴水露，半望浮生。」說的是我的詩路和書寫生涯；「以詩歌的質地透析凡常百態，景色向陽。」說的則是我詩作的內涵與精神。

回首半世紀，從大學階段一路走來，我的詩生涯真如「半滴水露，半望浮生」，這本詩選呈現了達瑞所見的「向陽」圖像，與我一九九九年自選的《向陽詩選》（洪範出版）大異其趣。洪範版《向陽詩選》主要以我出版的詩集分卷，依發表先後，展現我的創作歷程，達瑞編的《景色：向陽詩歌百選》則是以詩人的敏銳、編輯的細緻，特意打散作品編年，取消時間軸線，讓我在不同年代寫的詩作對話、究詰；分卷部分採用鐵、脈、塵、鹽、聲等元素，指涉我作品的情意、自然經驗、存在感、日常關懷與土地之聲——達瑞的巧思，立體呈現了我半世紀創作的總體風格。

我十三歲背誦《離騷》，懷抱詩人大夢；大學階段大量發表詩作，確立作品特色與風格，寫作半生，共出版詩集（含詩選）十七部，詩集外譯四部，並不為多。若要標舉較具特色的詩集，則有《十行集》、《土地的歌》、《四季》、《亂》與《行旅》等五本。這幾本詩集各有特色，分別標誌我不同階段的里程；相同的是，它們都是在時間、空間與人間的映照下，我向生我育我的臺灣娓娓細訴的情詩。

《景色：向陽詩歌百選》當然也是。這一百首詩，就是我在人生行旅所看到的一百種景色。我大學畢業後進入社會，主編過《時報周刊》、《自立晚報・自立副刊》；報禁解除後先後擔任自立報系（晚報、早報、周報）總編輯、總主筆，參與並觀察臺灣的政治變遷；三十九歲轉入學界，六十五歲自國立臺北教育大學臺灣文化研究所退休；六十八歲擔任國家文化藝術基金會董事長，為藝文界服務。一路行來，生涯多曲多折，美景繁出，五色紛陳，既有曠志怡神之時，也不乏驚心動魄之際，一一都入詩中，歡迎讀者取用。

AKKER
二十張出版

〔hikari〕003

景色：向陽詩歌百選

作者　向陽
副總編輯　洪源鴻
編選企劃　董秉哲
封面設計　adj. 形容詞
版面構成　adj. 形容詞
行銷企劃　二十張出版

出版　二十張出版——遠足文化事業股份有限公司
發行　遠足文化事業股份有限公司（讀書共和國出版集團）
地址　新北市新店區民權路108之3號3樓
電話　02・2218・1417
傳真　02・2218・8057
客服專線　0800・221・029
信箱　akker2022@gmail.com
Facebook　facebook.com/akker.fans
法律顧問　華洋法律事務所——蘇文生律師

製版　中原造像股份有限公司
印刷　中原造像股份有限公司
裝訂　中原造像股份有限公司

出版　二〇二五年五月——初版一刷
定價　四五〇元

ISBN —— 978・626・7662・29・8（精裝）、978・626・7662・25・0(ePub)、978・626・7662・26・7（PDF）

國家圖書館出版品預行編目（CIP）資料：景色：向陽詩歌百選／向陽 著 —— 初版 —— 新北市：二十張出版 —— 遠足文化事業股份有限公司發行 2025.5 320面；14.8 × 21公分
ISBN：978・626・7662・29・8（精裝） 863.51 114004542

hikari series

景色

向陽